逢魔が時三郎
誇りの十手

井川香四郎

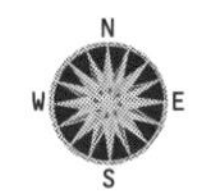

コスミック・時代文庫

この作品はコスミック文庫のために書下ろされました。

目次

第一話　儚い恋の

一

京橋大根河岸から一筋入った通りに、『松乃湯』という銭湯の暖簾が揺れている。まだ朝風呂が開いた刻限だが、若い町方同心が肩まで熱い湯に浸かって、気持ち良さそうに深い溜息をついていた。

逢魔が時三郎と綽名されている北町奉行所の定町廻り方である。

本名は大間徳三郎といい、幼い頃から、どちらかというと気弱で覇気のない子供だったが、父親の栄太郎を継いで、北町奉行の遠山左衛門尉直々の指名で、定町廻りに配属されてまだ一年にもなっていない。遠山の前で緊張のあまり、「お、おうまが、と、ときさぶろう」と呂律が廻らなかったことから、誰からも〝時三郎〟と呼ばれるようになった。

「ふわあ……やっぱり朝風呂はたまらんなあ……」

　時三郎が顔まで湯に浸しているのは、誰もいない女湯である。

　――女湯の刀掛け。

　という俗なことわざどおり、町方与力や同心は、女湯の朝湯を貸し切って入っていた。仕事前に男湯が芋洗い状態だから、特権として使用しているに過ぎないが、男湯から聞こえる話を聞いて、世情を探るのが目的のひとつでもあった。

　たまにだが、盗(ぬす)っ人(と)や殺しの下手人が事件の鍵となる言葉をぽろりと洩らしたりすることもある。ゆえに、耳を傾けていたのだ。

「気持ち良さそうですねえ、若……」

　躙(にじ)り口(ぐち)の所に、着物の裾(すそ)を端折(はしょ)って座っている五十絡みの岡っ引姿が浮かんだ。薄暗い中、湯気に包まれているように見える。

「脅かすなよ……覗き見かい、文治(ぶんじ)」

　バサッと顔を掌(てのひら)で洗うついでに、時三郎は岡っ引に向かって湯をかけたが、当然、その体をすり抜けて洗い場に流れた。

　文治と呼ばれた岡っ引は、時三郎の父親から引き続いて御用札を預かり、事件探索の手伝いをしている。

もっとも、ある事件で無念の死を遂げてから、あの世にいけないまま、幽霊の状態で、時三郎を支えているのだ。文治の姿が見えて、声が聞こえるのは、時三郎だけである。

「まだまだ見習い同然なのに、〝留湯（とめゆ）〟にしてまでの朝風呂とは、優雅なもんですな」

女たちの朝は飯を炊いたり、亭主を送り出したり、子供の世話をしたりして忙しいから、女湯は空なのだ。だから、与力や同心は床屋の〝日髪日剃（ひがみひぞり）〟同様、たっぷりと時をかけて過ごすのだ。床屋もまた人が集まるから、世情を見守るのに丁度良い場所だった。

「まあ、そう言うなよ、文治……俺がゆったり朝風呂を浴びてるってことは、事件がなくて、世の中が平穏無事だってことだ」

「さいですかね。まだ大火事になってないだけで、小火（ぼや）みたいなのは、そこかしこにありやすがね。同心ならば、ちゃんと見てねえと、困るのは江戸の町人ですから」

「朝っぱらから説教は御免だよ……はあ、おまえも湯に浸かれるといいのになあ」

もう一度、バサッと顔を洗ったとき、ワイワイガヤガヤと声がして、躙り口の外の脱衣所に女たちが集まってくるのが聞こえる。刀掛けに刀があれば、町方与力か同心が入っていることに気づくであろうし、そもそも番台の親父か女将が注意するだろう。

「おやおや、大事件ですねえ……あっしは、ここでじっくり拝見しやすよ」

からかうように言う文治に、時三郎は困惑顔になって、

「止めてこいよ。何してるんだよ」

「けど、あっしは口も利けやせんし、手も使えやせん。この嫌な面を見られるのは、若だけですから、へえ」

「若って言うなって、いつも言ってるだろうが、照れ臭いから」

「いいえ。チンポコが小さな時から世話をしてきた〝若様〟ですからねえ。一人前の同心にしてくれって、お父上にも頼まれてますから、若で通させていただきます」

「親父はとうに死んでるんだから、頼めねえだろうが」

「あっしも時々、向こうの境目までは行けやすんで、お父上とは時々、顔を会わせてやす。若を見届けるまでは、こっちに来るなと命じられてますんで、へえ」

「適当なことを言うな」

　思わず声を強めたとき、先頭切って入ってきた女が、

「あら、先客がいるわよ……おやまあ、大間の旦那じゃないですか」

と乳房も露わに全裸で湯船まで近づいてきて、平気な態度で湯船に入ってきた。

「だ、誰だい……」

「私ですよ。深川芸者の桃路……お忘れですか。化粧してないから、分かりません？」

「え……よく覚えてないけど……」

「遠山様と一緒にいらしたでしょ。そういえば、大間様はお酒があまり飲めなくて、ほとんど私の膝枕で寝てましたけどね、うふ」

　時三郎は俄に恥ずかしくなって俯くと、女は軽く湯を叩いて、

「こいつは朝から縁起がよいわいなあ」

とふざけて見せて、続いて入って来る女たちにも「大間の旦那だよ」と声をかけた。すると、まるで人気歌舞伎役者でもいるかのように嬌声を上げながら、

「きゃあ。ほんとだ。私が背中を流して差し上げますわ」

「なによ、私が先に見つけたのよ」

「いいえ、前々から目をつけてたのは、私ですからね」

「押さないでよ、もう」

「じゃあ、みんなで一緒に洗ってあげよう」

狭い所で女たちに迫られて、時三郎はまるで押しくらまんじゅう状態だった。

その昔は、躙り口こそ別だったが、中に入ると湯船は男女同じであった。松平定信の〝寛政の改革〟で混浴は禁止となったものの、あまり守られていなかった。湯船を分けるのが非効率だったからである。天保の治世にあっては、湯女などを置く店は摘発されたが、混浴は庶民にとって、さほど抵抗はなかった。

「これは、またまた引っ張りだこじゃないですか、若……朝っぱらから、いいものを見せて頂きやした。では、ごゆっくり」

文治がからかうように笑って、姿を消したときである。

「火事だ、火事だあ！」

と男湯の方で声が起こった。

「おまえたち、危ないからすぐ外に出ろ」

思わず湯船で立ちあがった時三郎は、女たちの目の前を跨いで外に出ていくと、男湯の方に飛び込んだ。

「何処(どこ)だ。火事は」

男湯の客たちは、女湯から現れた時三郎を見て、顔見知りの男が、

「なんだ、町方の旦那でしたか」

「火事は何処だい。避難させなきゃならぬ」

「慌てないで下せえ。堺町の中村座でさ」

「ここじゃないのか。吃驚(びっくり)したな、もう……それはよかった」

時三郎は安堵して裸のまま座り込んだ。定町廻りにされたのに武術が不得手なら、肝っ玉も小さくて恐がり屋である。てっきり内勤になると思っていたが、驚いているのは本人よりも同僚たちだった。

「なんだと！　中村座って、あの歌舞伎の中村座か！」

ほっとしたのも束の間、飛び上がった時三郎は、裸のまま相手に摑みかからん勢いで、

「ほ、本当か！」

「だから言ったじゃないですか。中村座から火が出たらしく、葺屋町(あしやちょう)の市村座にも移って燃えてるらしいですぜ」

「こんな朝っぱらからからか！」

「火事に朝も夜もありやせんよ。ちょ、ちょっと……あそこが当たるから離れて下さいやしよ、旦那……」

「いや、芝居小屋に客がいないなら、安心したまでだ」

「だから、離れて下さいって」

男に押しやられた時三郎は、女湯の方に戻って急いで着物を着ると、湯屋から飛び出していった。もちろん刀も十手も忘れず、腰に差している。

中村座は寛永年間に、猿若勘三郎によって中橋南地の、この湯屋の近くに『猿若座』として作られ、江戸歌舞伎を牽引してきた。『中村座』に変わってから、寛永年間には、禰宜町に移され、その後、慶安年間には堺町に移された。いずれも江戸城に近かったのが理由である。

時三郎が駆けつけて来ると、もう火の手は大きく広がっており、官許の証である屋根の櫓も並んでいる一座の幟も燃えていた。歌舞伎は朝から夕方まで通しで行われることが多い。もし客がいたら大惨事になっていたかもしれないと、時三郎は身震いした。

すでに一座の役者たちは燃え盛っている芝居小屋からは逃げ出しており、町火消が大勢駆けつけて消火にあたっていたが、延焼を止めるのが精一杯で、火事で倒壊するのを防ぐことは出来そうになかった。

近隣の住人たちも川下に避難しており、一向に収まりそうにない炎の大きさに恐れおののいていた。火事と喧嘩は江戸の華とはいえ、竜巻のように空に伸びる大火を目(ま)の当たりにして打ち震えている。

「皆さん、落ち着いて！　落ち着いて！　大丈夫だ。大丈夫だからな！」

駆けつけてきた時三郎は、その辺りにいる人々に声をかけた。が、最も慌てているのは時三郎自身であった。

「——いや、それにしても、これは酷(ひど)い……」

野次馬の外れの方に、呆然(ぼうぜん)と燃える櫓を見上げている座頭(ざがしら)を初め、座員たちの姿があった。芝居小屋は町奉行所が管轄であるから、時三郎もよく知っている。父親が定町廻りの頃には、何度か芝居も観に連れてきて貰ったこともある。

「座頭……偉いことになったな……」

火事の原因がなんであれ、火元ならば、座頭の責任もあるからだ。

「これは、大間の若旦那……なんで、こんなことに……」

愕然(がくぜん)となる座頭に、時三郎は慰めの言葉もなかった。長年、江戸庶民に愛されてきた自分たちの城が崩落するのを、座員一同とともに悲痛な顔で眺めているだけであった。

　すると、炎の中から飛び出てきた人影があった。それは、文治である。

「あっ――!?」

　思わず燃え盛る小屋に駆け寄ろうとする時三郎を、とっさに座頭が抱きついて止めた。それを振り払って、

「何をしてるんだ、文治ッ」

「あっしは大丈夫ですよ。熱くも痒くもありません」

「痛くも痒くもだろう」

「そんなことよりも、どうやらこれは付け火の疑いがありやすね。裏手の出入り口から塀にかけて、油の匂いがしやす」

「おまえ、匂いは分かるんだな」

「いつも鰻の蒲焼きの匂いを嗅いでるでやしょ」

「そういや、そうだな」

「それに、証拠の油桶もありやす。でも、この火事じゃ、それも燃えちまってしまうでしょうね。証拠隠滅って寸法だ」

「俺が取りに行く」

「無駄ですよ。それより、怪しげな人影を見たんで追ってみやす。ほら、付け火なら、必ず騒ぎを見に戻るっていうでしょ」

文治は翻ると裏通りの方へ突っ走っていった。もう五十を過ぎているのに足腰は壮健だったが、幽霊にしては身が重そうだった。

「おい！　文治！」

追いかけようとすると、背後から座頭が、

「若旦那ッ。文治親分のことを、まだ忘れられないんですね」

と抱きついたとたん、目の前に炎の柱が落ちてきた。真っ赤な火の粉が、ふたりを包むかのように激しく飛び散った。

二

江戸城中閣議の間では、恰幅の良い老中首座・水野越前守忠邦を上座にして、居流れるように老中や若年寄らが集まっていた。喫緊の課題として、特定の商人だけが利益を得ている問屋組合の全廃が話し合われていたのである。

その末席には、問屋組合を監視する立場にある南北の町奉行・鳥居甲斐守燿蔵と遠山左衛門尉景元(かげもと)も臨席していた。

「問屋組合全廃の件については、江戸の暮らしにもたらす影響が如何(いか)にも大きい。今しばらく議論を尽くす必要があると存ずるが」

冷静に水野が言うと、老中の堀部能登守弘重が裃(かみしも)の肩を揺らして前のめりになり、

「いいえ。散々、時はかけてきました。もはや議論の余地はありますまい」

と声を強めた。

濃い眉毛に太い鼻柱で、いかにも武人という風貌の堀部の少し苛(いら)ついた様子に、他の幕閣たちは萎縮していた。穏やかな態度の水野とは違い、いつも喧嘩腰なのは譜代大名の中でも、徳川家とは縁戚にあたり、自信があったからである。

「そもそも株仲間や問屋組合などは、暴利を貪(むさぼ)ることしか考えのない諸悪の根源でござる。庶民の暮らしを苦しめているのが、まだ分からぬのですか。材木しかり、米や油しかり、太物や酒までも値上がりして、まさに塗炭(とたん)の苦しみを強(し)いるも同然。それを一掃せずに、長年の悪政の膿(うみ)を払拭することができましょうや！」

さらに声を荒げる堀部に、水野はやはり冷静に反論した。

「それは……正論と存ずる。されど江戸の物流を滞（とどこお）りなく支えているのが、問屋組合であることも事実でござろう。それを一気に潰してしまっては、却って混乱を招きますぞ」

「水野様は、ご改革と声を大きく言っておりますが、結局は問屋組合から賄賂（まいない）を受け取っているのではありませぬか？　昔の田沼意次を引き合いに出すわけではありませぬが、そう噂する者もおりますぞ」

　言いながら幕閣一同を見廻すと、「俺は言ってないぞ」とばかりに目を伏せる者たちもいた。水野は堀部の乱暴な言い草は慣れているのか、さして気にせず、

「噂を根拠に話しても埒（らち）が明きますまい。さような疑いが持たれるのは心外だが、自分の普段の姿勢が良くないからと反省しておきましょうかな」

　とあえて謙（へりくだ）ったように言った。そして、

「それよりも、今日の閣議に欠席している勘定奉行の酒田主計亮（かずえのすけ）はかねてより体が優れなかったようだが、誰ぞ様子を聞いておらぬか」

　と聞くと、遠山が恐れながらと声をかけた。

「実は……昨日、中村座と市村座が全焼するという火事がありました」

「そんなことは承知しておる。関わりのある話なのか」

　堀部が苛ついた顔を向けると、

「はい。火事後から、酒田様と思われる人の亡骸(なきがら)が見つかりました。焼死体です。火事に巻き込まれたと思われます」

「なんと……！」

　水野は驚きの顔を隠せなかったが、他の幕閣も同様だった。さすがに堀部も押し黙って、遠山の顔を凝視していた。水野に説明を請われて、遠山は続けた。

「まだ検屍(けんし)を詳しくしているところですので、下手人などの予見は慎(つつし)みますが……今日のこの席に酒田様も臨む予定でした。しかも、問屋組合の解体には慎重な立場で、幕府の財務への影響も鑑(かんが)み、意見を述べるはずでした」

「まるで、誰かが出席を拒んだような言い草だな」

　別の老中が口を挟んだが、遠山は一礼し、

「私が町奉行として懸念しているのは、何故(なにゆえ)、朝早くから、芝居小屋に出向いていたかでございます。たしかに……酒田様は無類の芝居好きであり、歌舞伎役者との付き合いもあったとのことです。私の芝居好きも、ご一同は承知かもしれませぬが、酒田様とは一緒に芝居見物したこともございます」

「遠山殿……」

堀部は凝視したまま、野太い声で言った。

「酒田様のことが事実なら、火事のことも含めて、町奉行所で扱うのは当然のこと……されど、遠山……」

今度は呼び捨てにして堀部は続けた。

「そもそも勘定奉行だの町奉行だのが、下世話な芝居見物などにうつつを抜かしているとは、不抜けた話だ。たまさか火事は朝だったが、近頃は夜の興業もあって、蠟燭や行灯を使って危ないゆえ、禁止せよと散々、儂は注意喚起していたはずだが……」

「下世話かどうかはともかく、夜の演し物は、町奉行所でも禁じております」

「おぬしの責任逃れはよい。そもそも、庶民の楽しみを奪いたくないと、常々言い張っているではないか。そういう甘い考えが火事を起こしてしまうほど、芝居小屋の箍が緩んでいるということだ」

「……」

「芝居小屋の火事の責任は町奉行にもある。ましてや勘定奉行が死んだとなれば、遠山……謹慎では事は済まぬぞ」

興奮気味に語る堀部に、水野は話を戻すように、

「その話は事実が明らかになってからでよろしかろう、堀部殿。それに、火事が町奉行のせいというならば、南町の鳥居殿も同じ。軽々に発言することではあるまい」

鳥居は我関せずという顔で、静かに聞いているだけであった。元々、芝居には興味などなく、風紀も乱すものだと思っていたから、堀部に賛同することが多かった。しかも、昨日の火事は、北町の月番であった。むろん、月番は訴訟に関することだが、それに準じて、火事などの対処も担っている。

だが、鳥居は深々と頭を下げて、

「水野様のおっしゃるとおり、私にも責務がありますれば、まことに酒田様が火事にてお亡くなりになったのならば、一大事。私も誠心誠意、調べさせて戴きます」

と幕閣一同の前で宣言するのであった。

この火事の話から、問屋仲間の解体の話が熟議されることはなかった。酒田が述べようとしていた意見を精査してからでよいのではないか、ということで次回への課題とした。

中村座の焼け跡の中で、時三郎は這い蹲うようにして検分していた。昨日の朝のこととはいえ、まだ燻っており、噎せながらの作業であった。

火事場から見つかった死体が、勘定奉行かもしれないということで、定町廻り筆頭同心の黒瀬光明も来ていたが、なんとも謎の多い火事であった。すでに、座頭や座員からは事情を聞いているが、失火ではなく、明らかに何者かによる付け火のようだった。

時三郎は、一緒に検分している黒瀬に説明していた。

「勘定奉行、酒田主計亮様の亡骸は、火元に近い裏口の道具置き場近くで見つかったのです。厨房などとは違って、本来は火の気などない所ですので、やはり……」

「付け火か……だが、南町も調べに出てきているが、誰か役者の煙草の不始末だって話だぜ。俺も信じてはいないがな」

「そもそも、どうして酒田様がここにいたのかが分かりません。座頭の話だと、昨日は芝居見物に来る約束はしていなかったですからね。つまり、誰かに狙われたのは明らかでございましょう」

時三郎は推察も交えて話すと、いつもは小馬鹿にしている黒瀬も納得して頷いた。

「そもそも、黒瀬様……仮に、酒田様が芝居小屋に来ていたとしても、こんな袋小路みたいな所に逃げてきますかね」

「うむ……」

「もしかしたら、殺された後に置かれて、焼死に見せたかもしれませんし、検屍を待って慎重に調べなきゃなりませんね」

「なかなか鋭いではないか。父上が見守ってくれてるのかもしれぬな」

「だと良いのですが……それに、付け火をした者も、文治が探してますので、おっつけ報せにくると思います」

「文治……おいおい。たしかに〝仏の文治〟と呼ばれて、おまえの父上の右手として頑張っていたが、そろそろ成仏させてやんな」

「それが、父親にまだ来るなと言われたそうで」

「……それより、おまえが正式に御用札を渡した五郎八の方を大切にしてやれ」

「ええ、まあ……でも、あいつはまだ半人前でして」

五郎八とは文治の下で働いていた者だが、時三郎が見習いから正式に同心になったから、十手を預けたのだ。

「それはそうと、黒瀬様……酒田様は一体、何を調べていたのですか」

「えっ……？」

「天下を揺さぶるような大事件を調べていた……という噂がありますが」

「なんだと。誰がそんなことを……」

「近頃は〝改革、改革〟で芝居や寄席なども悪者扱い。それに、問屋組合もなんだかんだで評判が悪い。私たちには分からない、上の方で厄介事があるらしく、私の知り合いの読売屋も動き廻ってます」

「読売屋なんぞ俺は信用せぬが……たしかに色々と焦臭いことは、奉行所でも話題になってる。芝居好きは遠山様も一緒。庶民を締めつけることには反対の立場だからな」

黒瀬も気がかりだと言ったとき、焼けた材木を積み上げている所の上から、文治が手招きしているのが見えた。

「もう分かったのか、文治……」

時三郎が瓦礫の方へ向かうのを見て、黒瀬は「大丈夫か」と首を傾げた。誰かに話しかけながら歩いているので、

「――近頃、奴はますます独り言を洩らすようになったが……俺が酷使している

からかもしれんな。少しは休ませてやるかな」
と呟(つぶや)くのだった。

三

文治に案内されて来たのは、日本橋本銀町(ほんしろがねちょう)は〝時の鐘〟近くの居酒屋だった。真っ昼間から開いているのは、市場などで働いていた者たちが立ち寄るための店だからである。

出商いの者たちには昼餉(ひるげ)も出しているので、けっこうガヤガヤと混み合っているが、奥にも座敷があって、馴染みが集まっているようだった。その中に、いかにも遊び人風の若いのが数人いて、酒を飲みながら花札などをして遊んでいる。

「あの中の、一番奥で壁に凭(もた)れて酒を飲んでる奴がいるだろ。火事場にいたのはあいつで、他の奴らの兄貴分のようです。みんなは、甚吉(じんきち)と呼んでるようですがね」

指さして文治が言うと、時三郎が訊いた。

「何をしてる奴なんだ。河岸(かし)に通ってる板前には見えないが」

「何処かのやくざの子分てほどではない、ただの風来坊でしょう。近頃、大金が入ったようで羽振りが良さそうでさ。おそらく誰かの命令で芝居小屋を火事にして、その礼金でも入ったんでやしょうね」

「誰かって、誰だい」

「そこまでは、まだ……でも、あいつが何か知ってることは間違いありやせん。油の匂いもしやすからね」

「本当かよ……幽霊でも鼻がいいんだな」

　時三郎は若い衆たちがたむろしている座敷に向かうと、一様にみんなが振り返った。いずれも町方同心何ぞ恐くないとでもいう険悪な目つきである。

「甚吉だな。ちょいと番屋まで来て貰おうか」

　いきなり名を呼ばれて、甚吉は吃驚したが、すぐに、

「旦那……花札っても、これはただの遊びだ。酒代くらい賭けたって、罪にはならねえでやしょ。いつぞや吟味方与力だって、てめえの武家屋敷で数両かけてやってたって話もありやすしね」

　と言い訳じみて言った。

「火事のことだ。中村座のな。おまえに付け火の疑いがある。大人しく従え」

　当然のように言う時三郎に、甚吉は思わず腰を浮かした。他の遊び人風らも、付け火と聞いて驚いた顔で、

「甚吉兄い……そんなことしたんですかい」

「馬鹿を言うな。知らねえよ」

　否定する甚吉に、時三郎は十手を突きつけて、

「だったら、どうして火事場に舞い戻ってきてたんだ。見てた奴がいるんだよ。おまえが油を撒いて火を付けたんだろ。匂いもプンプンしてたとさ」

「嘘だ……だ、誰がそんなことを……」

　明らかに狼狽(ろうばい)している甚吉を見て、時三郎は確信した。

「やってないと言い張るなら、それでもいいから、言うとおりにしな。でないと、お縄にしなきゃならぬ」

「し、知るけえ！」

　奥の縁側から飛び出して逃げようとした。が、そこから上がってきた羽織姿ではあるが、いかにもやくざ風の男が、

「待ちな。逃げても仕方がねえぞ」

　と首根っこを掴んだ。ガッチリとした体つきだが、年の頃は五十過ぎであろう

か。目つきも鋭く、その場の若い衆たちも正座をするほどであった。

その顔を見て、文治がポツリと、

「──紋蔵……どうして、おまえが……」

と呟いた。もちろん、時三郎にしか聞こえないし、姿も誰にも見えない。

「文治……おまえ、知ってるのか」

「知ってるもなにも……奴は俺と同業者だったんでさ」

と文治は十手を握る真似をした。だが、あまり事情は話したくなさそうだった。

すると、紋蔵の方から時三郎に近づいて、

「こいつらは、俺が預かってる若いもんですがね、何かやらかしましたか」

「紋蔵……というらしいな」

「──えっ……」

どうして名を知ってるのか、甚吉同様に不思議そうな顔になった。

「何処かで、お目にかかりやしたかね」

「いや初対面だが、昔は十手持ちだったんだろう」

「……」

「俺は、そいつに用がある。中村座に付け火をした疑いがあるのでな」

「それなら、ただの失火だと南町の定町廻りの旦那は言ってましたがね。ええ、安藤正次郎（しょうじろう）っていう御仁（ごじん）です。ご存知でしょ」

「南町の筆頭同心だが、そっちはそっち。こっちはこっちで調べている」

「さいですか。若いのに立派でやすね。失礼ですが、お名前を伺って宜しいですか」

「北町の大間徳三郎だ」

「――大間……もしかして、大間栄太郎様の……」

「息子だ。見習いを終えたばかりだがな」

「そうでしたか。これは、お見逸（みそ）れ致しやした。ご勘弁下せえ。へえ、おっしゃるとおり、昔は十手を預かってやした。しかも、旦那のお父上から……先頃、爆死した文治と同じ釜の飯を食ってたってわけです」

「文治と……？」

時三郎が振り返ると、文治はなんとなくバツが悪そうに見ていた。

「まあ、文治に比べれば、あっしはダメな岡っ引でしたんで、とうに足を洗ってやす」

「足を洗うって……岡っ引は別に悪さをするわけじゃないだろう」

「へえ、そうでやすね。でも、あっしは、ここにいるような、ちょいと世を拗ねた若い連中の面倒を見て、立ち直らせてるんです」

「立ち直らせる……こいつら、そんなふうには見えないがな」

「旦那。色眼鏡はよくありやせん。お父上は、人を見かけで判断してやせんでしたよ」

まっとうそうなことを言いながら、時三郎をやりこめようとしているのは明らかだった。文治が何か助言をしようとしたが、

「とにかく、こっちはその甚吉に用がある。もし、言いたいことがあれば、紋蔵。あなたも一緒にどうだい」

「……」

「岡っ引をしていたのなら分かるよな。この十手は伊達で持っているのではない。町奉行所の命令だ。従えないなら、逃げたと見なして、まずはそっちの罪から問わなければならない」

「なるほど。さすがは大間様のご子息……ならば、ご随意に」

突き放すように紋蔵が言うと、甚吉は救いを求めるように「親方……」と声をかけた。だが紋蔵は目配せをして、黙って従わせた。その方がよいと判断したの

であろう。

すぐさま時三郎は、最寄りの自身番に甚吉を連れていって尋問した。だが、あくまでも知らぬ存ぜぬで、付け火の咎人扱いをするのなら証拠を出せと怒鳴る始末だった。それでも、時三郎は丹念に取り調べた。

「うちの岡っ引が、おまえが火事の場にいたのを見ているのだ。なぜ、その場にいたのか、話してくれぬか」

「だから……火事が起これば見に行くだろう。他にも大勢いたじゃねえか」

「近くなら分かるが、わざわざ出向くか。しかも、裏手で見ていた……まるで、酒田様が燃えるのを確かめるようにな」

「えっ……!?」

明らかに甚吉は狼狽したように目が泳いだ。時三郎はその様子を見据えたまま、

「酒田様と聞いて、誰だか分かったようだな」

「……」

「勘定奉行の酒田主計亮様だ。おまえは付け火をしただけかもしれないが、中にはその御仁がいた。もしくは死体が置かれていた……と調べでは分かってる。だとしたら、おまえは酒田様を殺して焼いたことになる」

「し、知るもんかッ」

時三郎は淡々と尋問を続けた。

「その場から立ち去ったおまえは、さっきの店まで行き、別に火事の話はせず、遊び仲間と朝酒を飲んでいただけだった」

「……」

「火事を見たのなら、しかも中村座みたいな所なら、その凄さを話すはずだ。だが一言も言わなかった。万が一、関わっていることがバレたら困るからだ。だろう？」

それでも、甚吉は口を真一文字に閉じたまま、何も話さなかった。

「まあいい。大番屋に連れていくから、一晩でも二晩でも好きなだけ牢部屋に泊まっていけ。俺は腕力はたいしてないが、しつこさじゃ蛇みたいだから」

真剣なまなざしで睨みつける時三郎を、甚吉は不安げに見上げていた。

一方――紋蔵は所在なげにぶらぶらと歩きながら、町中の団子屋や惣菜屋に立ち寄っては、適当に見繕（みつくろ）って買っていた。それを、文治はずっと尾（つ）けていた。

紋蔵は何か気配でも感じるのか、時々後ろを振り返っていたが、その都度、文治はとっさに物陰に隠れた。幽霊だから、相手には見ることができないのは百も承知しているが、岡っ引ならではの癖である。

大店（おおだな）も並んでいるが、色々な職人が住んでいる神田佐久間町の一角に、『源八（げんぱち）長屋』というのがある。建物は古いし、周辺と比べて一際（ひときわ）貧しい雰囲気が漂っている。その奥の部屋に来て、表戸を開けるとすぐに、

「おまえさんかい……お帰りなさい」

と女の声がかかってきた。紋蔵の方もほとんど同時に、

「今日はちょいと寒いから、魚の練り物で鍋を作ってやるから、ちょいと待ってな」

と言った。

わずか九尺二間（けん）の何処にでもある長屋だが、その部屋の片隅に座っている女の姿を見て、文治は「あっ！」と声を上げた。もちろん、誰にも聞こえない。

青白い顔をした中年女で、敷きっぱなしの布団の上におり、手探りで何かを探しているようだった。

「またやっていたのか……危ないから、よせと言ってるだろうが」

紋蔵は履き物を脱いで上がると、コロコロと床に転がってきた巻糸を拾って、

台に置いた。女は縫い物をしていたようだが、針刺しですら手探りで探していた。

「ほらほら。床に針が落ちて踏んだりしたら危ないからな」

「でも、少しでも慣れないと……」

「いいんだ、お角（すみ）。おまえは、こうして側（そば）にいてくれるだけで、俺は嬉しいんだからよ。ほら、横になってな」

「大丈夫だって」

「ダメだよ。おまえは白底翳（しろそこひ）の上に、肺病まであるんだからよ……すまねえな、苦労ばかりさせてきた」

「そんなこと、ちっとも思ってませんよ」

ニッコリ微笑（ほほえ）んだお角の目はキラキラしていて、白底翳という目が見えない病（やまい）とはとても思えないほどだった。

「それより、おまえさん……仕事の方は如何（いかが）ですか」

「え、ああ……商売てのはいくらやっても難しいものだが、まあ、なんとかなりそうだ。必ず上手くいくに決まってる」

紋蔵は明るく言いながら、小判を一枚、お角の手に握らせた。

「――なあに……？」

「はは。庶民はなかなか触れることができないが、小判だ」

「こ、小判……！」

「昔馴染みがちょっと相談に乗ってくれてな……前払いで貰ったんだ。これでなんとか頑張れそうだよ」

　お角は小判の感触を掌で確かめるようにしながらも、

「おまえさん……無理をしているんじゃないでしょうね……大丈夫なんですか」

「心配性だな。病は気からっていうから、余計なことは考えなくていい」

「でも……昔馴染みって、何方ですか」

「だから、おまえの案ずることじゃないって……さ、今日は腕によりをかけて、美味いものを食わせてやるからな」

　土間の竈の方に行く紋蔵の気配を感じながら、お角は不安げな顔になった。

　そのお角の表情を、文治が入り口の所から、切なげな目で見ていた。懐かしさと悲しみが入り混じったような文治だった。

「――お角……」

　消え入るような声で呟いたが、お角にも紋蔵にももちろん聞こえない。ただ何か気配が流れたのであろうか、お角は見えない目を文治の方に向けた気がした。

四

その夜、紋蔵とお角は幸せそうに夕餉を共に摂った。

ひとりで湯屋は危ないので、近所の商家で貰い湯をして体を清めてやった。紋蔵は、まるで子供のように妻を寝かしつけると、遅い刻限になって長屋から出ていった。

向かった先は柳橋の船宿だった。

船着場には屋形船が停泊しており、何人かがすでに集まっている様子だった。沖に出て、月を肴に飲む趣向のようだが、紋蔵が少し遅れて入ったときに、そこにいる三人の顔つきは険しく、とても風流を楽しむ雰囲気ではなかった。

大店の主人風がふたりと町方与力だった。

「おまえはいつから、そんなに偉くなったのだ、紋蔵……」

町方与力が少し苛ついた声をかけると、紋蔵は頭を深々と下げて、

「申し訳ありやせん。女房が……」

「そんなことは分かっておる。目が不自由で病がちな女房のために、俺は世話を

してやっているつもりだがな」

「へえ。ありがとうございやす。河野様には感謝しておりやす」

町方与力は、南町奉行所の河野佐兵衛という者で、武芸者らしく屈強な体つきだった。商人はふたりとも廻船問屋で、『薩摩屋』清右衛門と『陸奥屋』甲左衛門である。いずれも欲の塊のような顔つきで、体も猪のように肥っていた。

「誰かに尾けられるようなことは、ないだろうな」

河野が念を押すように訊くと、紋蔵は真剣なまなざしで、

「これでも昔は、十手を預かってやした。そんなヘマはやりやせん」

「とはいえ、長年、相州小田原城下で商人をしていたのではないのか。その折に、そこな『薩摩屋』と『陸奥屋』と出会ったと聞いておるが、商人としては才覚がなかったようだな」

「——それを言われると、穴があったら入りたい気持ちです。あっしも精一杯、雑貨問屋を営んだつもりですが、根が正直すぎるのが玉に瑕でやして……」

「ほう、皮肉か……俺たちを嘘つき呼ばわりするつもりか」

「決してそんなつもりでは……でも、商いってのは、相手を上手く騙すことに長けてないと足下を掬われます。お人好しでは儲けられないと、身をもって学びや

した」

「そんな性根だから、失敗するのだ」

強く言い切った河野に、清右衛門と甲左衛門はもっともだと頷いた。いきなり険悪な雰囲気の中に飛び込んだ紋蔵は、萎縮したように末席で正座をしていた。

河野は改めて一同を見廻してから、

「とまれ……紋蔵のお陰で、勘定奉行・酒田主計亮が焼死で片付きそうだ。これで、悪の芽をひとつ摘むことができた」

と皮肉げな薄笑いを浮かべた。すると清右衛門が早速という態度で、菓子折を河野に差し出して礼を言った。

「これもすべて、南町筆頭与力の河野様のお力添えがあればこそです。これは些少ですが、お奉行の鳥居様にお渡し下さい」

「いや、渡さぬ。俺が貰っておく……下手に嘆願すると、鳥居様は妖怪と言われているほど用心深く、あれはあれで正義感もあるので厄介なのだ。もっとも遠山様ほど、清廉潔白な人物ではないがな」

「承知しております」

ふたりして頭を下げる清右衛門と甲左衛門の様子を、紋蔵はじっと探るように見ていた。その目には得体の知れない怒りも含んでいるようだったが、誰も気づいていなかった。

いや……艪を漕いでいる船頭のすぐ手前に、腰掛けている文治だけは見ていた。

――紋蔵のやろう……何かするつもりだな。

と心の中で思っていたが言葉には出さなかった、もっとも出したところで、誰にも聞こえることはないが。

「酒田主計亮様は、問屋組合から莫大な賄賂をせしめていた強欲な金の亡者だ。だからこそ、かねてより問屋組合の解散に反対していたのだ。遠山様もしかり……江戸町人の暮らしが成り立たなくなるなどと、綺麗事を言っていても、所詮は金が欲しいだけ」

「まこと、そのとおりでございます。私たち商人の身にもなって欲しいです。ですが、遠山様は謹慎になったそうで。このまま引っ込むとは思えませんが……」

憂えるように清右衛門が言うと、河野は頷いて、

「たしかに気がかりだ。遠山様は深川の屋敷にいるらしいが、定町廻り方は当たり前だが、探索を続けている。特に、大間という見習いを終えて間もない奴が、色々としゃしゃり出てきているようなのだ」

「そんなのは、河野様がどうとでもできるのではありませんか」

「大間栄太郎といえば、北町にこの人ありという同心でな。遠山様とも昵懇だったらしい。だから、息子の徳三郎も……なぜか時三郎と呼ばれているらしいが、そいつも贔屓されているのだろうよ」

忌々しげに目を細めて、河野が杯を空けると、甲左衛門がすぐに酒を注いで、

「まあ落ち着いて下さい、河野様……もし遠山奉行が付け火だと言い張ったとしたら、次の一手があります。でしょ、紋蔵さん」

と水を向けた。すぐに紋蔵は曰くありげな目つきになって、

「へえ。お任せ下さい。時三郎って若い同心にはまったく恨みはありやせんが、父親の栄太郎には少々、嫌な思いをさせられました。その岡っ引だった文治ってやろうにも」

「文治……？」

河野の目が俄に悪辣になって、

「あのスッポンみたいに食らいついたら放さない奴には、俺も少々痛い目に遭ったことがあるが、おまえ、恨みでもあるのか」

「へえ、まあ……」

「だが、あいつは間抜けにも、ある事件で橋と一緒に落ちて死にやがった」

「……」

「事と次第では、時三郎も文治のところに送ってやればいい。此度（こたび）のことに必要以上に、首を突っ込んでくるようならな」

「承知致しやした」

紋蔵はニンマリと笑って、

「その前に、甚吉が北町に捕まってやすから、もし石を抱かされたりしたら、何を言い出すか分かったもんじゃありやせん。付け火の下手人は甚吉として、河野様が始末するのが一番良いと思いますがね」

「始末、な……」

「はい。たとえば、牢部屋内で自害するとか……宜しくお願い致します」

悪辣な面構（つらがま）えの紋蔵を見ていて、文治は幽霊ながら胸が苦しくなってきた。女房の前で見せる顔とはまったく違う。一体、何がそうさせたのか、すっかり昔と変わっている紋蔵のことが、文治には気がかりだった。


湯屋『松乃湯』と同じ町内に、料理屋『おたふく』があった。

文治のひとり娘、桜がやっている割烹である。まだ二十四の女盛りの上に、シャキシャキとした美形である。ゆえに、桜を目当てに来る客も多かった。

もっとも店は、数人が腰掛けられる白木の付け台と、奥の小上がりがひとつあるくらいである。二階は桜の住まいになっており、文治の仏壇もあるが、馴染みの客たちが大宴会になると座敷として使うこともある。

もう店仕舞いの刻限で、暖簾も入れているが、付け台に凭れかかるように眠っている時三郎を、桜は起こすことができないでいた。かなり疲れているように見えたからだ。

厨房では、板前の寛次が後片付けをしているが、「しょうがねえなあ」と文句を垂れていた。四十絡みの強面とはいえ、かつては文治や時三郎の父親にも世話になったから、無下に追い返すこともできない。

「それにしても、酒が弱過ぎらあ。なのに飲むのは、なぜだろうな」

寛次はいつも呆れ果てている。桜から見れば時三郎は弟のように育ったから、一人前の同心になるまで面倒をみようと心に決めていた。本当は文治の役目だったが、時三郎が十手を遠山奉行から貰ったとたんに、事件に巻き込まれて死んでしまった。父親も母親もすでにこの世にはいない時三郎の方も、肉親のように慕っていたのは、桜ひとりだったのである。

「――さ、桜……」

時三郎が寝言のように呟いた。

「あれ、いつも〝さん〟づけなのに夢の中じゃ、呼び捨てだ。もしかして、女房になってるのかもしれやせんぜ」

「まさか……」

まったくその気がない桜が苦笑すると、寛次は意外と真顔で、

「いえ。なんとなく俺には分かりやす」

と言うと、眠ったままの時三郎がまた囁いた。

「桜……桜が咲いた……咲いた桜は美しいが、散るのも早い、桜花……桜、桜が咲いた」

端唄のような節廻しにも聞こえる。

「ほらね。私のことじゃないみたい」

「でも、どうやら頭の中は桜だらけのようですぜ、あはは」

その時――ガタッと物音がして、入ってきたのは岡っ引の五郎八だった。まだ時三郎から御用札を貰ったばかりの若造だ。顔つきは子供っぽく、体つきも華奢

だから、少し頼りなさげである。

「若旦那……あ、いや時三郎の旦那。えらいもの見ちゃったんだけど」

時三郎の横に来て揺り起こすが、むにゃむにゃと寝言を洩らすだけである。

「甚吉のことを調べてたら、紋蔵って奴と繋がってたでしょ。でね、紋蔵を見張ってたら、とんでもない奴らと会ってたんですよ。聞いてますか、若旦那」

五郎八が激しく肩を摑んで起こすと、時三郎はうっすらと目を開けて、腕を伸ばして大きな欠伸(あくび)をした。

「どうした、五郎八。また子猫を拾ったか」

「柳橋の船宿まで行ったんですがね、なんだか文治親分に手引きされたような気がしてならねんです。屋形船に乗ることはできやせんでしたが、乗り降りしたときに、あっしはちゃんと顔を見て、そんでもって宿の女将(おかみ)にも確かめたんです」

「――何の話だ……」

「ですから、紋蔵が会ってたのは、廻船問屋の『薩摩屋』と『陸奥屋』の主人ふたりと……驚かないで下せえよ。南町奉行所の筆頭与力、河野佐兵衛様だったんです」

「ああ……知ってるよ」

「えっ……？」

「ちょっと前に、文治から聞いた。河野様が中村座の火事に関わっていたとは、どうしたものかと……文治も悩んでいるよ。ほら、そこで、蹲ってやがる」

「……」

「若旦那……気持ちは分かりやすが、そろそろ、そういうのはやめませんか。逆に、文治親分だって成仏できずに辛いと思いやす」

「だって成仏できてないんだから、仕方がない」

「そんなことを言うと、桜さんだって可哀想だ。ちゃんと向き合って下せえ。文治親分はもうこの世にはいないですよ」

「だから、いるって……」

「どうか、自分の足で立って下さい。俺も若旦那から十手を預かって、こうして真夜中まで走り廻ってんです。若旦那に大手柄を立てて貰って、お父上を乗り越えるような同心になってくれるのが夢なんでやす」

「うむ……それはちと難しいかな」

「それこそが文治親分への一番の供養なんです。頑張って下さいッ」

珍しく発破をかける五郎八の切羽詰まった態度を、桜と寛次は熱いまなざしで見守っていたが、時三郎当人はまだ眠いのか、欠伸を繰り返すだけだった。

五

翌朝は、しとしとと雨が降っていた。

八丁堀の組屋敷で目覚めた時三郎は、ゆうべ文治から聞いた話を思い出していた。

廻船問屋(かいせんどいや)『薩摩屋』と『陸奥屋』はいずれも、ここ数年でのし上がってきた大店(おおだな)だが、あまり評判が良いとはいえなかった。しかも、問屋組合の解散を訴えている。

そこに南町奉行所・筆頭与力の河野佐兵衛が同席していたのは、時三郎でなくても大いに気がかりだった。河野は金に汚いという噂は、南北問わず奉行所内で絶えなかったからだ。

そんな人物が顔を合わせているということだけでも怪しいのに、中村座の火事にも関わっており、しかも勘定奉行の酒田主計亮殺しにも関わっているとなれば、一刻も早く証拠を摑んで遠山に報せねばなるまい。

鬱陶しい雨のせいで部屋の片隅が薄暗いせいか、文治が座っているのが見える。

「文治……おまえが幽霊でなきゃ、その目で見たことを、詮議所で暴くことができるのだがな。俺が話したところで、白を切られるのは目に見えてる」

「ですが、五郎八も見ておりますんで、少なくとも三人の仲は公にできるのでは……」

「だが、肝心の中身を伝えられなきゃ、あいつらのことだ。尻尾を出さないだろうな」

「だったら、こっちから仕掛けてみますかい。奴らが襤褸を出すように」

「うむ。それも考えたが、俺みたいな若造は相手にするまい……」

「相変わらず甘いことを言ってますな。そろそろ定町廻り同心としての気概を出してみたらどうでやす」

「いや……だから俺には向いてないと……切った張ったが一番の苦手だからな」

「別に刀を交えるわけじゃありやせん。定町廻りってのは、殺しや盗みはもとより、人を傷つける酷い奴を捕らえることです。刑場送りになるかどうかは、吟味方やお奉行がお決めになることだ。とにかく、悪い奴を縛り上げなきゃ、江戸町人は不安ですよ」

「分かってるけどさ……」

　覇気のない顔で言い訳じみて呟いてから、

「それより、文治……おまえ、紋蔵という奴と何かあったのかい」

　と唐突に訊いた。

「えっ……」

　文治も意外な表情になって、

「どうして、そんなことを思うんでやす」

「なに、此度の一件を探索していてな、紋蔵って奴のことで少し調べてたら、黒瀬様も大昔、俺の親父から御用を預かっていた岡っ引だったと覚えてた。紋蔵本人も、おまえとは同じ釜の飯を食ってたと話してたじゃないか」

「――ええ、まあ……」

「だったら、紋蔵のことをもっと話してくれてもよさそうだが……あえて言わないのは、何か理由でもあるのかい」

　時三郎の問いかけに、文治は少し困ったように俯いていたが、

「別に避けてるわけじゃありやせんが……大間の旦那のもとで競い合ってたのは本当です。奴は足を洗ったなんて言ってましたが、岡っ引稼業に嫌気がさして辞

めただけです」

「嫌気がさした……」

「ええ。だから御用札を返してから、江戸を離れて商いを始めたようです。あっしも詳しくは知りませんでしたがね」

　そう言いながらも、文治はあまり紋蔵の話はしたくなさそうだった。

「もうひとつ分かったことがあるんだが、紋蔵の女房ってのは、長年、病を患って滋養も足りなく、そのため目も見えなくなったとか……文治、おまえ、知ってたのか？」

「この前、知りやした……」

「治るかどうかは分からないが、長崎に行けば名医がいて、手術で治るそうだ。そのために、紋蔵は金を貯めてるらしいが、悪事に加担しているのは、そのせいかもな」

「……」

「長崎に行かずとも、江戸にだって小石川養生所などに名医はいるんじゃないかな。俺の親父のもとで、おまえと同じ釜の飯を食った男の女房なら、何とかしてやりたい。金はないけれど、いい医者なら探せると思う」

「――へえ。そうして下さったら、紋蔵もお角も喜ぶと思いやす」

「お角……呼び捨てる仲なのか？」

「あ、いえ……とにかく、あっしじゃどうしようもねえんで、紋蔵が何か悪いことをしているなら、助けてやりてえ……それが女房のためだろうし……」

　気のない返事をする文治のことが、いつもと違うと気になる時三郎であった。

　その日、神田『源八長屋』を訪ねてきた時三郎の姿を見て、紋蔵は目を見開いて吃驚（びっくり）した。その気配を察したように、お角は、

「お客さんなら、上がって貰って下さい」

と声をかけたが、紋蔵は仕事のことだからと誤魔化して、時三郎を長屋から離れさせ、表通りの蕎麦屋（そばや）に誘った。

「今のが……お角さんですね。失礼な言い方だが、今でも綺麗な御方（おかた）だ」

「女房の名前まで知ってたんですか……そもそも、どうして、ここが分かったんです」

　紋蔵はそっちの方が気がかりだった。本当は文治に聞いたが、甚吉が話したと告げた。すると、紋蔵は余計に訝（いぶか）しがって、

「甚吉は、俺の住まいなど知らねえはずですがね……」

「そうか。なんで知ってたんだろうな。もしかして、誰かに見張られているのかもしれないな、あんたも」

時三郎は意味ありげな言い草で適当に返してから、蕎麦屋の二階の座敷の隅に陣取るなり、本題に入った。

「中村座の火事跡から、勘定奉行の亡骸が見つかったなんてことは前代未聞の大事件だからな、甚吉は死罪になるだろう。で、後見人と言ってもよいあんたも、それなりの処分があるから覚悟していた方がいいよ」

「……」

「俺の親父の下で働いてたっていうから、忠告してるんだよ。もし、あんたが罪人になんかなったら、親父も文治も浮かばれないだろうからね」

紋蔵はどう答えてよいか分からぬふうに顔を背けた。

「昨夜、屋形船で一緒だった商人が誰かは、調べがついてる」

「えっ……！」

「南町の河野様も一緒だったことも承知している。事と次第では、俺もあの世に送ってやればいいとは、いささか驚いた」

明らかに動揺している紋蔵は、どうして時三郎が屋形船の中の様子を知っているのだかと不思議がっていた。実は、河野と繋がっているのではないか、『薩摩屋』か『陸奥屋』が裏切ったのではないか、もしかして船頭が密偵だったのかもしれない、などと考えているようだった。時三郎はその内心を見抜いているかのように、

「どれでもないよ……文治が教えてくれたんだ」

「……」

「冗談じゃなくて、文治は俺のことが心配で、あの世に行くことができず、時々、俺の前に現れて、御用の手伝いをしてくれるんだ」

時三郎の言い草に、紋蔵は気味悪げに辺りを見廻したが、

「若旦那……あっしは幽霊とかお化けの類はまったく信じないんでやす」

「その割には、文治のことが気がかりなようだが」

「昔、ちょいとしたことがありやしてね……」

「のようだな。いつも喋ってばかりの文治も、おまえさんとの仲についちゃ、黙りだ」

「……」

「何があったのか教えてくれないかな。同じ釜の飯を食ったんだろ。あんたは、親父のことも好いてはいなかったようだが」

「――そんなことはありやせん。大変、世話になりやした。ただ……」

「ただ……？」

「どうも大間の旦那は、俺よりも文治の方と気が合ったようで……探索してきたことも、あまり取り上げてくれやせんでした」

「つまり嫉妬してたのかな、文治に」

歯に衣着せぬ言い草で時三郎は訊いたが、その態度が紋蔵には嫌だったようで、

「似てますね、お父上に……大間の旦那も、ハッキリと物を言う御方だった」

「いや、俺は相手の気持ちを斟酌しないらしくてな、もう少し繊細になれとみんなによく言われる。気にするな」

「……」

「文治は俺がガキの頃から、側にいてくれたせいか、父親よりも厳しい面があった。特に親父が亡くなってからはな。だから、今でも岡っ引というより、父親代わりだと思ってる……名岡っ引が側にいてくれて、有り難く思ってるよ」

時三郎がためらうこともなく文治を褒めると、紋蔵は冷ややかな目になり、

「名岡っ引ねえ……要領が良かっただけじゃねえのかな。もっとも、そうやって出世する奴は世の中ゴマンといやすけどね」

「出世とは縁のない稼業だと思うけどな」

「少なくとも人を幸せにはしちゃいねえ……人は上辺だけでは分かりやせんよ」

「心底、いい奴だと思うがね」

「まだ若いから本当の姿が見えなかっただけでしょ……こんな言い方してはなんだが、若旦那にとっては、文治が死んで良かったかもしれないですよ」

「なぜだい」

「長い付き合いをしていると、本性が分かるからですよ」

「充分、長い付き合いだったけどな」

庇(かば)うように時三郎が言っても、紋蔵はよほど恨みでもあるのか唾棄(だき)するように、

「あいつには人生を狂わされた」

「狂わされた……」

「若旦那だから言いますがね、俺と文治は、大間の旦那に仕(つか)える前から、兄弟みたいにつるんでやした。誰彼構わず喧嘩を吹っかけたり、女を誑(たぶら)かしたり、ならず者もいいとこでしたよ」

「若い頃の話でさ。だけど、大間の旦那に出会って、つまらねえことに体を張るなら、世のため人のために使えって、いきなり十手をくれたんでさ」

「十手を……」

「あっしら逆にいい気になって、ちょっとしたことでも、悪さをしてる奴らを次々と引っ張って、俺と文治は手柄争いだ。そんなことをやってるうちに、いつしか本物の御用聞きに使って貰えるようになった」

そのことについては深く感謝していると、紋蔵は言った。

「けどね、何をやっても文治の方が俺より一枚上だった。だからって妬んだことはねえ。あいつは持って生まれた勘てのが鋭くて、悪い奴の先手先手を打ってた。羨ましいくらいだったよ……あのことがあるまではな」

俄に表情が暗くなった紋蔵を、時三郎は黙って見つめて聞いていた。

「俺には本気で惚れている女がいた。ふたりで良く通っていた飲み屋の隣にあった、商家の娘だ。大店ってほどではないが、小間物や食器などを扱う雑貨店で、けっこう流行ってた」

「……」

「文治もか……」

「それが、女房のお角だよ……だが、文治も惚れていた」

時三郎は先刻、ほんのわずか顔を見ただけだが、なぜか軽い衝撃を受けた。

「俺は……お角だけは文治に取られたくねえと思った。けどよ……お角は本当は、俺よりも文治の方が好きだったんだ」

「……」

「俺も諦めがつかねえから、喧嘩で勝負を付けようってことになった。ところがだ……大間の旦那が、そんな下らないことをしないで、男らしく、お角に選んで貰えと言ったんだ。そしたら……」

紋蔵は悔しそうに拳（こぶし）を握って、

「文治は姿を消しやがった。お角に……『俺には他に惚れた女がいる。紋蔵は優しくて頼りがいのある奴だ。夫婦（めおと）になってくれ』という文（ふみ）を渡してからな」

と情けないくらい悲しい声で言った。

「それが文治のやり方だ……俺に〝勝ち〟を譲るんだ。手柄の数だって、あいつの方が多いんだ。なのに、必ず最後の最後は、目立つ捕り物なんかは俺の手柄にする。それでもって、俺が大間の旦那に褒められると、奴は嬉しそうにしてるんだ」

時三郎は小さく頷いて、

「たしかに文治はそういう面がある。自分のことは二の次だ………」

「大間の旦那はそれを見抜いてる。自分の手柄より、親友に手柄を立てさせる。それによって、大間の旦那からは評価が上がる……それが奴らしい〝勝ち方〟だったんだよ」

狡いとまでは言わなかったが、紋蔵はそう感じていたようだった。

「しかし、望みどおり惚れた女と一緒になれたんじゃないか。それで、どうして、文治が、あんたをめちゃくちゃにしたんだ」

「――女房がずっと惚れた男の面影を追っていて、それで幸せになれるかい？」

「お角さんは、文治のことがそんなに好きだったのか」

「言っただろ。負けていい気になる……だから、俺に譲ることで、お角にもいい顔をしたかったんだろうよ……腹の底では、俺のことを笑ってたんだ。俺とお角が、どんなふうに苦しむかも知った上で、てめえはいい格好をしたんだッ」

紋蔵が鼻白んだ顔になったとき、時三郎は振り返って、

「そうなのか、文治……」

と訊いたが、そこに文治の姿はなかった。

「なんだよ。肝心なときに逃げやがる」

不思議そうに紋蔵は見ながらも、

「ああ。若旦那が言うとおり、肝心なときに、奴はいなくなるんだ……だけど、俺も岡っ引をやりづらくなって、お角の店を継いだんだが、元は岡っ引だからなんやかんやと因縁付けて来る客が多くてな……カッとなって喧嘩して大怪我を負わせた。お角の二親には別れろと言われたが……」

「それで、江戸に居づらくなって、親戚を頼って小田原に行ったんだな。お角さんだけを連れて……」

「な……なんで、そのことを……」

「小田原で商いをしていたときに、『薩摩屋』と『陸奥屋』と知り合ったのなら、そうなんだろうなと思ったまでだ」

「――やはり聞いてたんですね……密偵は船頭ですかい。それとも……」

「そんなことより、お互い若い頃の話だ。二十数年も前のことを、文治のせいにしたって、しょうがないじゃないか」

「まだ若い旦那には分からないでしょうよ……人生てなあ、何処かで歯車が狂っちまえば、気持ちまで腐っちまう……だが文治は、結局、大間の旦那の元で〝仏の文治〟とまで呼ばれる名岡っ引になった……」

「さあ、それはどうだかな……そんな話を娘の桜さんが聞いたら、お角さんは文治と一緒にならなくて良かったって言うだろうな」

「娘さんがいるのかい……」

「ああ。ひとり娘がね」

「そうかい……子供がいるのかい……」

紋蔵はなぜか、文治の娘に会ってみたいと思っているようだった。時三郎はそう感じたが、紋蔵は口には出さなかった。ただ、文治のことが羨ましそうに、

「ふん……でも、おっ死んだら、しまいじゃねえか……」

と呟いた。

六

翌日、時三郎が奉行所に出仕すると、門前で待っていたのは五郎八だった。

岡っ引は奉行所内には入れないが、今日はお白洲がなく町人溜が空いているので、そこで話を聞いた。真っ先に口を開いて出た言葉は、

「若旦那が睨んだとおり、『薩摩屋』と『陸奥屋』はガッチリ手を握ってました」

「俺ではなく、文治から聞いたのだがな」

「その話はもういいです。いいですか、若旦那……このふたりは、米から酒、砂糖、塩、材木、漆器、絹から金銀……ありとあらゆるものの産地に手を伸ばして、大元をガッチリと握ろうとしてやす」

「なるほど。廻船問屋ならできぬことではあるまい。そのために問屋組合が邪魔だから潰し、自分らだけが儲けようって魂胆か」

「そのために幕閣の重職と念書のようなものを交わしたそうなんです」

「念書……それさえあれば証拠として突きつけることができるな。酒田様はそれを掴もうとして殺されたのかもしれないな」

「へえ」

「だとしたら、酒田様は黒幕が誰かを知っていたのかもしれない……それにしても、五郎八。大手柄だが、おまえ、どうやってこんなことを調べ出したのだ」

「俺だって文治親分に手ほどきを受けやしたからね」

「スッポンのように相手に食らいついたか」

「廻船問屋は船荷や大八車人足が大勢出入りしてますからね。艀人足に扮して色々と探ってみましたよ」

自慢げに言う五郎八を、時三郎は褒めたが、

「あまり危ない真似はするなよ。相手は俺を殺してもいいと考えてる奴らだ。気をつけな……幕閣という偉い人が相手なら、後は遠山奉行に動いて貰おう」

と目を輝かせた。

早速、時三郎は、遠山が謹慎しているという深川の屋敷まで足を伸ばした。途中、富岡八幡宮に参拝し、浅蜊(あさり)がたっぷり入った深川飯なども食ったから、ちょっとした物見遊山の気分でもあった。

遠山家の深川屋敷は意外と質素で、周辺にある御家人の家とさほど変わりはなかった。もっとも、〝現役〟の町奉行がいるから、遠山家の家臣や町方門前廻り与力や同心が、警固のために屋敷の周りをうろついていた。

くつろいだ着流し姿で、遠山は縁側で釣り竿の手入れなどをしていた。謹慎というより休日を楽しんでいる様子だった。

時三郎が調べてきたことを伝えると、遠山はすべてを承知していたかのように、

「うむ。そいつらのことは、こっちでも調べておる。『薩摩屋』と『陸奥屋』はいわば新興の商人ゆえな、江戸代々の問屋仲間のしきたりが邪魔で仕方がないの

だろう」

「……のようですね」

なんだ知っていたのかと、時三郎は少しガッカリした。が、遠山は時三郎の探索力を試していた節があり、

「もう一声……ってところだな」

「はあ？」

「その念書とやらを探し出すこと、酒田が摑んでるであろう動かぬ証拠……が揃えば、いつでもお白洲を開ける」

「頑張ってみますが、その黒幕までは……」

「俺に任せろと言いたいが、謹慎の身だ。自分の体を張って、黒幕と睨んだ奴に突撃するってことも同心の務めだぜ」

「えっ……そうなんですか……」

「同心てのは、心を同じくすると書くが誰とだと思う？」

「分かりません」

「少しくらい考えてみろ……仲間とでも庶民とでもない。悪い奴と心を同じくするんだ。逆に言えば、てめえの心の奥にある悪い面を引っ張り出して、悪いこと

をする奴の気持ちと一緒になるんだ。そしたら、色々と見えてくるってものだ」

「……」

「なにをキョトンとしておる。俺に報告すれば後はどうにかしてくれると思ったか。はは……俺はもう少し休みたいから、せいぜい頑張ってくれ。頼んだぞ」

「……」

「そういや、酒田殿は俺と同じで浄瑠璃大好きで、自分でも書いて演じてたくらいだったからな。ま、聞くに耐えなかったが、芝居小屋で死んだのは本望だったかもしれんなあ。はは……とにかく期待しておるぞ」

と励ましともつかぬ言葉をかけて、また釣り竿をいじりはじめた。

肩透かしを食った感じの時三郎は、屋敷を出てから溜息(ためいき)をついていると、塀の陰に文治の姿を見た。

「――ついて来てくれたのか……お奉行があんなふうな人とは思わなかった」

「そういう御方(おかた)ですよ」

文治は苦笑交じりに、説教口調で、

「ですがね、若……遠山様が、ああおっしゃったってことは、酒田様の身辺を今一度、調べてみろって助言をくれた……ってことじゃありませんかね。つまり、若に期待しているということですよ」

「そうかなあ。さほどあてにされてない気がするけどな」

ぶらぶら歩き出す時三郎に、文治もついていった。仙台堀川から新大橋を渡り、火事のあった堺町の方へ向かい、焼け落ちた中村座の瓦礫の山を眺めてから、神田へと足を伸ばした。

「何処へ行くのです、若……酒田様のお屋敷なら番町です。どうしやす」

「やはり、紋蔵に訊くのが一番、手っ取り早いと思うのだ」

「手っ取り早いって、そんな安易な……」

「事情を一番知っているのではないかな。火事に関わっているのだから」

「ですが、所詮は三下ですよ。使いっ走りにされただけです。酒田様を亡き者にして、南町の河野様も仲間だってことは、もっと上に凄い人がいるってことでしょ」

「だからこそ、紋蔵に裏切らせることが突破口になると思うのだがな」

「あいつは臍を曲げると梃子でも動かないところがありますからね。逆に意地を張って、何も喋らないと思いますぜ」

「よく知ってるんだな。ガキの頃からの友だちってのはいいな。俺にはそんな奴がいなかった。いつもひとりぼっちだった」

「若……」

　慰めの言葉を吐く気にもならない文治は、黙って後ろからついていくだけだった。

　紋蔵の長屋の近くに来たときである。

　小さな社(やしろ)があるだけの白山神社の境内に、杖(つえ)を突きながら歩いているお角の姿があった。介助する者もおらず、独りだった。目が不自由だが慣れた足取りで、石畳となっている所を往き来している。まるで〝お百度参り〟をしているようだった。

　だが、少し方向を間違ったのか、お角は石畳から足を滑らせて転びそうになった。思わず駆け寄った時三郎は、その背中を支え、

「大丈夫ですか。足首を捻(ひね)ったようだけど」

「――あ……これは申し訳ございません。ええ、平気でございます」

「目を患(わずら)ってるようだけど、付き添いもなしに危ないですよ」

「慣れてるつもりでも、年ですし、もうダメですね……ご親切にどうも」

　微笑(ほほえ)みながら石畳の上に足を戻して、お角は頭を下げた。

「お百度参りも結構ですが、よかったら良い目医者を紹介しますよ。これでも色々とツテはありますから」

「ありがとうございます。でも、この目はもう……お参りはそうじゃないんです。亭主の商売が上手くいきますようにって」

「商売……旦那さん思いなんですね。果報者だ」

「いいえ。果報者は私の方です……優しい人なんですよ。こんな私でも、長年ずっと守ってきてくれました」

お角はそう言ってから小首を傾げて、時三郎の方を見た。綺麗な黒い瞳で、まるで見えているかのようだった。

「あの……もしかして、昨日、いらした御方ではございませんか」

「えっ……」

「目が悪いと声はよく覚えているんです。ほんの一言二言でもね。若い声ですね。お武家様でございますか」

「――え、ああ。北町奉行の定町廻り同心の大間徳三郎という者です」

「大間様……あ、もしかして……」

お角はすぐに分かったようで、表情が明るくなった。

「紋蔵さんは何も話していなかったのですか。昨日会ったときのことを」

「いえ、まったく……そうでしたか……あの大間様の……」

「息子です。もっとも紋蔵さんは、私が生まれるずっと前に、文治と一緒に十手を預けてたそうですが……親父は亡くなり、文治も先頃、事件の最中に……」

「え……ええ——!?」

その事実はまったく知らない様子で、お角は衝撃のあまり崩れそうだった。それを時三郎は支えながら、

「昨日は、そのことでちょっと旦那さんに……紋蔵さんとは竹馬の友みたいなものだから、とても悲しんでました」

と適当に言い繕った。

「ええ、そうなんです……うちの人ったら、お酒を飲むたんびに、『文治は元気かな』『あいつのことだから、手柄を立てまくってるだろうな』『会って昔話をしてえな』って……そんなことばかり」

「……」

「私たちは遠くで商いをしていたのですが、あまり上手くいかず、目も数年来、患い、この年なので江戸に帰ってきたんです。うちの人、文治さんも元気なら、

会うのを楽しみにしてたのに……もしかして、昨日はそのことでいらしてくれたのですか？」

　お角は素直にそう思ったのであろう。時三郎は合わせて頷いて、

「ああ、そうなんだ。文治のことは残念だったが、俺のことを親父に似てるなんてことも言ってくれましたよ」

「――だったら、どうして私には話してくれなかったんでしょう……」

　ちょっとした疑念を、お角は抱いたようだが、時三郎は取り繕うように言った。

「きっと文治のことを知って、辛くて話せなかったんじゃないかな……俺の前でもとても残念そうでしたから」

「文治さんはどうして……」

「御用の最中です。悪い奴を追いかけていて、罠にかかって……でも、そのお陰で、俺は大手柄を立てることができました」

「そうでしたか……」

「親父も早くに亡くなったので、文治は俺の父親代わりみたいなものでしてね。ずっと守ってくれているんです。紋蔵さんが、あなたの側にいるように」

「――大間様ももうおられないのですか……残念ですね……だから余計、うちの

人は何も話せなかったのでしょうね……大間様にも申し訳ないことをしたと悔やんでましたから」

「申し訳ないこと……？」

「私と一緒になったがために、十手を捨てたことをです」

「……」

「考えても仕方がないことですが……本当はずっと大間様のもとで御用聞きをするのが、亭主の性分には合ってたような気がします。ええ、文治さんと競い合ってね……」

そこまで話して、お角はふいに見えない目で見廻した。

「――誰か他にいらっしゃるのですか」

「いいえ、誰も……」

「そうですか……なんだか、文治さんに見られているような気がしました……私も今一度、会ってみたかったけれど、こんな姿を見られなくて良かったかもね、ふふ……」

はにかんだような笑みを浮かべて、お角は深々と頭を下げて、

「江戸で会えたのも何かの縁です。紋蔵はもう年ですが、まだまだ足腰も頭も若

い人には負けません。もし、宜しかったら、大間の若旦那……使ってやって下さいませ。まあ、無理でしょうけれど」

と言った。

屈託のない笑顔には、時三郎も洗われるような気分だったが、木陰からじっと見ていた文治は涙を拭った。

——幽霊でも涙が出るのか……。

時三郎はそう思ったが、何も言わず、ふたりだけにするかのように、お角からそっと離れて見守るのだった。

七

その夜、紋蔵が料理屋『おたふく』に現れたのは、桜が暖簾(のれん)を下げようと思った矢先だった。店仕舞(みせじま)いだと断ろうとすると、

「文治の娘さんの店だね……」

と紋蔵はいきなり言った。

「はい。そうですが……あなた様は」

厨房に立っている寛次が鋭い目を向けると、紋蔵も一見、只者ではない風貌なので、お互い視線が激しくぶつかった。だが、紋蔵はニコリと愛想笑いをして、

「俺は紋蔵という者で、大昔、文治と一緒に、大間栄太郎様から十手を預かってました」

「あ、ああ……」

知っているかのように、桜は頷いた。

「紋蔵さんのお名前なら、お父っつぁんから聞いたことがあります」

「俺の名を……ですかい」

「ええ。若い頃、一緒に随分と悪さをしたとか。なんでも知ってる仲良しだったと……でも、好きな女人が一緒で、紋蔵さんに取られてから嫌いになったって、あはは」

「……」

「娘にそんな話ってしますかねえ。おっ母さんが聞いたら、それこそ私はなんなんだって、怒りますよ」

屈託なく笑いながら話す桜を見て、紋蔵は素直に育ったのだなと思った。

「近所で、おっ母さんが病で亡くなったことは小耳に挟みましたが……文治も苦

労をしたんですね。もしよかったら……」

　桜は察して、紋蔵を手招きしながら、

「仏壇は二階にあります。お父っつぁんも喜ぶと思いますよ。私が生まれる前のことですものね。お父っつぁん、紋蔵さんが会いに来てくれましたよ」

と案内した。

　紋蔵は仏壇の前に立って、そこに十手が飾られているのを見て、俄に目つきが鋭くなった。そして、座ると線香を立て、両手を合わせて瞑目した。長い歳月を思い、紋蔵は合掌していた。

　そして、おもむろに仏壇の前に、そっと封書を置いて、紋蔵は呟いた。

「おまえから、これを大間の若旦那に渡してくれねえかな」

　横で聞いていた桜が、不思議そうに見やったが、紋蔵は仏壇に向かったまま、

「これで、俺も少しは恩返しできるかもしれねえ。大間の若旦那の手柄になりゃ、おまえもちょいと見直してくれるんじゃねえか、俺のことをよ」

「……」

「綺麗な娘さんがいて、短い間だったらしいが、若旦那にも仕えることができて、おまえは幸せもんだな。娘さんには心残りだろうが、頑張って生きてきたんだ。

ゆっくり休んでくれ。俺もおっつけ、そっちへ行くんだからよ」

　不吉なことを言うものだと桜は感じていたが、桜は目の前の紋蔵が此度の中村座の火事に関わっていることなど知らず、ただ先に逝った友へ述べた供養の言葉だと思っていた。

「奥さんは、どのような御方なのですか」

　桜の問いかけに、紋蔵は「えっ」と困ったように振り返った。

「お父っつぁんが忘れられないほど好きだった人は、どんな女の人かなあって」

「忘れられない……？」

「だって、おっ母さんが死んだ後でも、紋蔵さんの話をするときは必ず出てきますもん……名前は言ったことありませんけどね」

「……」

「でも、私、おっ母さんの味方ですから、ふふ……お父っつぁん、おっ母さんが亡くなってから、苦労させて済まなかったと謝ってばかり。もし、その方がお父っつぁんと一緒になってたら、苦労させられていたと思う」

「――俺も……苦労させました。いや、今もさせてます」

　紋蔵はもう一度、仏壇に向かうと掌を合わせて、

「若旦那のこと、よろしく頼んだぜ」

と言うと、桜にも深々と挨拶をして、仏壇の封書を時三郎に渡してくれと頼んでから、申し訳なさそうな顔で店を後にした。

その際、いい旦那を見つけて幸せになって下さいと言ったが、見送る桜のことを振り返ることはなかった。


翌日、紋蔵の姿が、鉄砲洲にある廻船問屋『薩摩屋』の表にあった。店の中に入るなり、手代らと仕事をしていた主人の清右衛門が出てきて、不審げに声をかけた。

「なんで、紋蔵さん……あまり店には……」

「金を借りたいんだ」

「えっ……まあ、こっちへ……」

客たちの目を気にしながら、清右衛門は店の裏手に通した。

「何度も金の無心は困るね。しつこくすると、出る所に出なきゃなりませんよ……小田原でも色々と面倒を見たつもりですがね。もっとも、仕入れの金を貸しただけで、きちんと戻ってない分が多かったですがね」

清右衛門は皮肉を籠めて頬を歪めたが、紋蔵は冷ややかな表情のまま、

「これが最後です。甚吉のやろうは、どうやら火事は俺に命じられた。それ以上のことは知らないと白状したようなんで、俺の身辺も慌ただしくなりました」

「……」

「だから、女房と一緒に逃げて、できれば長崎に行って目の手術を受けさせてやりたいんです。完全には治らなくても、それなりの治療が受けられるってんで。最後の女房孝行です。宜しくお願い致します」

紋蔵は膝に手をついて、深々と頭を下げた。だが、清右衛門は厄介払いでもしたそうな目つきで、乱暴な口調になり、

「いい加減にして下さいな。あんまり欲をかくと、おまえさんの方が隅田川に浮かぶことになりますよ」

と恫喝するように言った。

「これはこれは……まっとうな商人の言う言葉じゃありませんね」

「おまえさんにだけは言われたくないよ」

「千両二千両寄越せなんて言いません。あんたたちの企みを知った酒田様を葬るお手伝いをしたのですから、十両二十両の端金ではどうかと思いますよ……五百

両で手を打ちましょう」

「はあ？　何を寝惚けたことを言ってるんだね」

「後ろで操っている偉い人は誰かなんざ、俺には分かりようもないが、後は問屋組合さえ解散になれば、濡れ手で粟の大儲けをするのは、あなたじゃないですか。五百両ぽっちをケチると大損をこくだけじゃ済みませんよ」

紋蔵の目つきも脅迫をする悪人のように変わった。

その時、離れの障子戸が開いて、河野が渡り廊下に出てきた。後ろには、『陸奥屋』甲左衛門も控えている。その顔を見るなり、

「今日も良からぬ相談ですか」

と険しい顔のまま紋蔵が言った。

河野はズイと前に出ると、問答無用に斬るという態度で、刀の鯉口を切った。

「欲惚けもその辺にしておけ。でないと、この場で斬る。付け火の下手人を見つけたが、抵抗したのでやむを得なかったとな」

「さいですか……私は五百両で、あの念書を買い取って貰いたかっただけですがね」

「あの念書……？」

不安げに踏み出たのは、清右衛門の方だった。

「これでも元は岡っ引なのでね、悪さには鼻が利くんで、清右衛門さん、そして甲左衛門さん……あんたらふたりが、問屋仲間をなくしてくれた暁には、儲けの中から相当な金を渡すと約束してますよね」

「！――どこから、そんなものを……」

「堀部様のお屋敷ですよ」

「なに、堀部……!?」

「御老中の堀部能登守様に決まっているでしょうが。河野様も含めて、色々と探っていると、この鼻がピクピクってね。中間に化けるなんざ朝飯前ですよ」

「……」

「これまでも、散々、賄賂を渡してきたくせに、解散反対の酒田様の方を悪し様に言い触らしていた……人は金のためなら、とことん人でなしになるんですな」

「ハッタリもいいところだ。念書があるなら、見せてみろ」

「ある所に隠してます。俺が殺されたら、出るところに出るでしょうな」

「出鱈目を言うな」

「儲けの一割を月々、ついたちに渡すこと。花押までちゃんとありましたよ。もちろん、お二方の名前も、この目で確かめました……取らぬ狸の皮算用とはいえ、堀部様もそんな御仁だったとは驚き桃の木ですな」

書かれている文言通りだと察した清右衛門は、念書は何処にあるのかと、もう一度、迫って訊いた。が、紋蔵は真顔のまま、

「五百両が先だ。ここで渡してくれたら、後ほど届けますよ」

と目の前の三人を睨みつけた。

「念書が先だ。言うことを聞かねば……」

斬りかかろうとする河野を、清右衛門は止めて、

「分かった。五百両を渡そう。その代わり、念書の在処を言え」

「それを言っちゃ殺される。さあ、今すぐ金を下せえッ」

紋蔵が今度はドスの利いた声で言うと、とっさに反応して、河野は刀を抜き払って斬りかかった。紋蔵は一瞬、見切って飛び退ったが、二の太刀でバサッと肩口を斬られた。鮮血が飛び散って、清右衛門や甲左衛門の顔も赤く染まった。

「うわっ――！」

俄に清右衛門と甲左衛門は恐怖に陥って狼狽したが、紋蔵は昔取った杵柄なのか、むしろ凶悪な目つきになって、

「上等でえッ。殺してみやがれ。てめえら、揃って鈴ヶ森で晒し首だ。酒田様を殺したのは河野の旦那、あんただ。今抜いた、その刀で喉を突いてな。焼け死んだからバレてねえが、俺が証言するよ」

「くたばれ、三下ッ！」

さらに河野が斬りかかったときである。

「待て、待て！」

と声あって乗り込んできたのは、時三郎であった。

すでに抜刀しているものの、屁っ放り腰で、どう見ても屈強な河野に敵いそうになかった。それでも裏返りそうな声で、

「一切合切、聞かせて貰ったよ。ああ、俺が聞いてなくても、文治が聞いてる」

と必死に言った。

文治の姿は渡り廊下の一角にあり、まるで生きているときのように十手と取り縄を手にしている。落ち着いた態度で、時三郎の様子を見守っていた。

そのすぐ近くでは、五郎八も十手を片手に身構えている。

「今、紋蔵が言ったとおり、『薩摩屋』清右衛門、『陸奥屋』甲左衛門、そして南町筆頭与力の河野佐兵衛……勘定奉行の酒田主計亮様を呼び出して殺した上で、

芝居小屋中村座にて失火による焼死に見せかけたのは、もはや明白」

「……」

「付け火だとバレるや、甚吉ひとりのせいにし、さらに御老中と交わした念書を取り返すために、紋蔵までも亡き者にしようとした。この悪行、断じて見にょが……見にょがすわけにゃ……いきゃない……ゴホゴホ」

一気呵成に捲し立てた時三郎が咳き込むと、文治は情けない顔で、

「若……いつも肝心なところで舌を嚙んだり、咳き込んだり……ああ、見てられない」

と言いながらも何も出来ないので、じっとその場にいるしかなかった。

「面倒だ。ふたりとも死ねい！」

河野は苛ついて怒声を浴びせかけながら、時三郎に斬り込むと、横合いから紋蔵が体ごとぶつかった。河野は叩きつけようとした刀を柱にガツンと突き立ててしまった。

その隙に、紋蔵は肩に深傷を負っているものの、もう一度、体当たりして、河野と一緒に渡り廊下から庭に落ちた。

時三郎も必死に駆け下りて、河野の背中に向けて、バシッと峰打ちで刀を落と

した。河野が悲鳴を上げて悶絶するのへ、時三郎は自ら縄を掛けようとしたが、なかなか上手くできない。

　すると、五郎八が飛んできて馬乗りになり、河野の首から肩と腕にかけて、手際よく縄で縛り上げた。

「召し捕ったぞ！」

　五郎八が気迫の声を上げたとき、黒瀬を先頭に、北町の捕方たちがぞろぞろと踏み込んできた。加勢を見て、時三郎は安堵して、その場にぐったり座り込んだ。

「河野様。あまりの醜態、切腹をする前に、すべてを明らかにするのですな」

「――く、黒瀬……何を偉そうに……」

　悔しそうに河野は唇を歪めたが、黒瀬は明瞭に言った。

「そこな商人ふたりは江戸の廻船問屋の仕事を一手に引き受けようとしていた。問屋組合が解散をした後は、すべての利権をおまえたちに与える――との堀部様と交わした念書は、すでに遠山様の手にある」

「……」

「せいぜい覚悟しておくのだな」

　黒瀬の断罪するような一言に、清右衛門と甲左衛門は、これは現実ではないという顔で立ち尽くし、捕方に取り囲まれて茫然自失となっていた。

時三郎はただただ必死に、五郎八とともに河野が暴れないように取り押さえていたが、文治は安堵したように見守っていた。


その夜——『おたふく』で、時三郎はひとり、飲めない酒を飲んでいた。

桜と寛次は、「もうやめろ」と何度も声をかけていたが、いつものように眠たそうに、こうべを垂れていた。が、そっと肩を誰かに叩かれたと思って、時三郎は起き上がった。

隣には、文治が座っていた。

「文治か……紋蔵さんは、どうなった……」

時三郎が訊くと、文治はダメだったと首を振って、

「残念ですが、若の嘆願は通りませんでした。遠山様も厳しいですな」

「だって俺は、遠山様の期待どおり、酒田様の屋敷を訪ねて、奥方から、酒田様が書き溜めていた『薩摩屋』と『陸奥屋』の不正を記した書を、お奉行に渡したぜ。だから、付け火なら死罪になるはずの甚吉も遠島で済んだんだろ。だったら、紋蔵も……」

「事件に深く関わってたからです」

「そうは言っても、紋蔵が賄賂を贈ったり、これから儲けるわけでもない。事実、念書を堀部様から奪ってきた。紋蔵が悪を暴くために、敵の懐の中に入ってたんだ……そう考えることだってできるじゃないか」

「それは無理です……五百両を脅し取ろうとした。理由がなんであれ……」

「実際、取ってないじゃないか」

「念書についても、堀部様はすっ惚けてましたよ。ええ、私も評定所の片隅で窺ってましたがね……見覚えがないと。花押も自分のではないと言い張り、内容も取るに足らない遊びではないのかと言う始末でした」

「だって、堀部様は問屋組合を……」

「解散はしなくてもいいと、ころっと態度を変えやした。元々、亡き酒田様と同じ意見だったと言い出す始末でね。つまりは、『薩摩屋』と『陸奥屋』が、酒田様と揉めて殺した……という話に終決しました」

「そんな馬鹿な……だったら、紋蔵が命がけで盗んだ念書はなんだったんだ」

「――若……所詮、町方の仕事はここまでです。いくら遠山様でも、もっと大きな証拠でもない限り、御老中を締め上げることなんざ、できないでしょうよ」

「……」

「御老中のことはいいよ……紋蔵のことはどうなんだ。これで死罪じゃ。お角さんが、あんまりじゃないか」

ううっと同情したように時三郎が泣くと、文治はまた肩を叩く仕草で、

「誰が死罪と言いました？　遠島は遠島でもね、長崎の五島らしいです」

「えっ……」

「その途中で、お角は長崎の名医に預けられるそうですよ。ええ、遠山様が手配りしてくれると、お白洲で約束しやした」

「ほ、本当か……」

「ええ。あっしは何処でも入り込めるんで……お角の目も少しは良くなって、紋蔵の近くにはいられるに違えねえ」

「――そうか……それはよかった……さすが、お奉行だ……」

今度は嬉し涙を流しながら、時三郎は文治に向かって、

「おまえもついて行ってやんな。ふたりを見守るためによ……そしたら、わざと譲ったお角さんを側で見ていられるじゃないか」

「ご冗談を……お角は心底、紋蔵の方に惚れてやしたよ。お陰で、桜とこうして

父娘（おやこ）になれたんだから、俺は幸せ者だ」

「……」

「それにね、若……幽霊だって歩くのは、かなり草臥（くたび）れるんです。でえいち、江戸を離れたら、若の面倒が見れねえし」

「違うだろ。桜さんが心配なんだろ。それなら、大丈夫だ。俺がいる。ははは」

しだいに陽気になってくる時三郎を、桜と寛次は、いつものことながら気味悪そうに見ていた。文治の声は聞こえないから、話はよく通じないが、今般（こんぱん）の捕り物の行方を心配をしていることは分かる。

「でも、桜さんのことをナンタラ、ひとりごちてますが……やっぱり惚れてるんじゃありやせんかねえ」

寛次がからかうように言うと、桜は苦笑するだけだった。やはり幼い頃から、弟としか見てないからである。時三郎の方も、ひとりでずっとぶつぶつ言い続けているうちに、また付け台に額をつけて眠ってしまった。

暖簾の外には月光が綺麗に射しているのが見える。明日も天気が良さそうだ。

第二話　隠し倉

一

剣術の腕前を上げろと、定町廻り筆頭同心の黒瀬光明に命じられ、町道場の『錬武館』に通うことになった。

自分が稽古してきた香取神道流であった。剣術だけではなく、居合や柔術、棒術、槍術、はたまた忍術なども伝承されているという。

戦国時代に創設された武術ゆえ、甲冑を身につけて稽古することもあり、その際は首や脇、小手裏など狙う技が多い。これは、相手の弱点を突くものだが、捕術が必要な同心には適当な剣術であろう。しかも、腹の底から発する気迫とともに打ち込むので、一瞬、相手が怯む。

道場は小網町にあるので、八丁堀からは少し歩かねばならぬが、近くには武家屋敷が広がり、小野派一刀流宗家もある。

小野派一刀流は、柳生新陰流と並ぶ徳川家兵法指南役である。香取神道流はその流派よりもはるかに古く、飯篠家直が室町時代に起こしたものである。かの塚原卜伝は、鹿島神流と香取神道流を修めて、新当流を開いた。

いわば、剣術の原点ともいえる香取神道流直伝の道場なのだが、大間徳三郎こと時三郎が初めて道場の門を叩いたとき、出迎えたのは女道場主であるのに驚いた。しかも、まだ二十代半ばくらいの若い女だ。

白い稽古着に紺の袴姿で、髪は後ろに束ねただけだが、うなじが艶めかしく、五尺五寸はあろう男のような背丈、凜として鋭い目つきが印象的だった。

「お、大間……徳三郎と申します……ええ、みんなは逢魔が時によく出歩いているからということで、時三郎と呼んでおります。まあ、どっちでもいいのですが……よ、よろちくおねぎゃいしましゅ」

訊かれてもいないのに適当な理由をつけて述べているうちに、時三郎は呂律が廻らなくなった。だが、女道場主は笑いもせず、

「さようですか。私は、飯篠真季と申します。北町の黒瀬様からのご推薦ですので、容赦なく稽古をつけたいと思います」

と挨拶をした。

容赦なくという言葉に、時三郎は少し怯んだが、

――このような美人の女剣士なら、通う楽しみも増えるというものだ。

と嬉しくなった。姉のような存在の桜と同様、けっこう頑固そうだが、時三郎はなよっとした年下の若い娘よりも、気の強い年上の女に惹かれるのだ。

稽古初日は、五十人ほどいる門弟たちと一緒に、礼式や構え、運足などの基本稽古ばかりをやらされた。

香取神道流の稽古用の木刀はかなり重く、直刀である。いわゆる〝理合〟を重んじて、心技一体を実践するためには、常に心を真っ直ぐにしておかねばならない。剣術は力任せに刀を振ることではない。攻防の間合いや虚実の駆け引きなどを瞬時に行うものだ。ゆえに心の置き所が一番大事なのである。

もっとも、敵を倒すには正確な技が必要で、そのためには打ち突くという単純な素振りを丹念に繰り返さねばならぬ。よって、ひとり稽古のほとんどは素振りだが、時三郎は腰が入っておらず、真剣よりも重い木刀を構えただけでもたたらを踏むほどだった。

――本当に侍かよ……。

という声が聞こえてきそうだったが、門弟たちは人の様子などには見向きもせず、気合いと素振りをひたすら繰り返していた。

修業は〝表の太刀〟と呼ばれる五つの技から始めるが、いずれも攻撃されるのを流したり受けたりしながら、巻打ちなどで相手の面や胴を打ち、最後は袈裟切りに決める。一見、しなやかに流れる動きと技を見ていて、時三郎は、

――俺には到底、無理だな……続くかなあ……。

と不安になった。

門弟は旗本や御家人の子弟がほとんどだったが、中には町人もいた。町人といっても、いずれ御家人株を買って武士になろうと思っている者や武家に養子入りする腹づもりの者ばかりだった。年齢もバラバラで、十四、五の若いのから、四十過ぎの御家人もいた。

稽古中は汗で道場の床が水浸しのようになるほどの猛練習をしているが、ひとたび終わると、和気藹々と仲睦まじく一風呂浴びに湯屋に行ったり、一緒に酒を飲む者たちもいた。

その中に、同じく御家人で、川船奉行配下の同心をしている筒井拓磨という若侍がいた。時三郎よりは二つか三つ年上だが、随分と落ち着いて見える。稽古を

している時の姿も常に毅然とした物腰で、動きも素早かった。道場に入門して、三年になるという。

二度目の稽古を終えたとき、時三郎は筒井から飲みに誘われた。自分は下戸だからと断ったが、まだ何も知らないのに馴れ馴れしくしてくるので、時三郎は料理屋『おたふく』に誘ってみた。

「俺の姉貴みたいな人がやってるんだ。大根河岸だから、ちょっとあるけど、とにかく寛次って板前の料理が美味いから、付き合ってくれませんか」

と頼むと、飲み食いするのが大好きなのか、ふたつ返事でついてきた。

ふたりして楽しそうに話しながら、『おたふく』に入ってきたとき、桜と寛次はは吃驚したような顔を向けた。

「おや。珍しいこともあるものだねえ」

桜が声をかけると、時三郎は筒井を白木の付け台の前に座らせながら、

「どういう意味だい、桜さん……」

「だって、あなたに友だちがいるとは思っていなかったから」

「なんだよ、その言い草は……まるで俺が人でなしみたいじゃないか」

まだ頼んでもない酒を出しながら、桜は筒井を見て言った。

「この人の友だちは、亡くなった私のお父っつぁんだけ。今でもずっとそこにいるって、よくぶつぶつ話しているですよ」

「余計なことはいいから、寛次さん、美味しい物を頼むよ」

「へえ。今日は鯛のいいのが入ったので、湯引きしたのを、すだちで如何でしょう。後で骨の出汁が染み込んだ鯛飯とお椀を……その前に、目の前のを適当に見繕って出しておきやすね」

京でいう〝おばんざい〟のように根菜や菜の物の煮込みや穴子の煮つけ、蛸の桜煎りや駿河煮などが並んでいた。

「――いやあ。俺は好きだなあ……このような店が、時三郎殿のご親戚とは、毎日のように通いたくなるなあ」

と筒井は褒めた。かなりの酒好きらしく、差し出された灘から届いたばかりの酒を、冷やのままグビグビ飲んだ。

「いい飲みっぷりだねえ。こういう人に悪い人はいないよ」

桜は次々と酒を勧めながら、

「ところで、どういう友だちなんですか」

と訊いた。

筒井はスッと背筋を伸ばして、すでに赤くなっている顔だが真剣なまなざしで、

「拙者。川船奉行支配同心、筒井拓磨と申します。ふだんは中川船番所に出仕しておりますが、時三郎殿と同じ香取神道流『錬武館』にて剣術の稽古に励んでおります」

「剣術の稽古……若様が？　冗談でしょ」

と桜は噴き出しそうになるのを堪えた。それを見ていた筒井は、

「若様……？」

「ええ。この子は、北町奉行所筆頭同心、大間栄太郎が一子で、私のお父っつぁんがその岡っ引だったんです。ふたりとももう鬼籍に入ってますがね……だから若様。でも、剣術の方はちょっと苦手」

「――一々、うるさいなあ……」

時三郎は迷惑そうに、

「せっかく客を連れてきてやったのに、俺を小馬鹿にしたことばかり言うなよ」

「あはは。仲がよいって証だ。俺なんか、五人も兄弟がいるのに、真ん中だったせいか、誰にも相手にされない」

筒井は冗談めいて笑って、さらに酒を重ねながら、なぜ道場に通っているかを

語った。自分は子供の頃から剣術が好きで、色々な流派を学んだが、実践を重んじる香取神道流が性に合っていると言った。

「俺もいずれ道場を持ちたいのだ」

「そうなんですか」

「ああ。そのためには、あの女道場主の真季さんの婿にならねばならない」

「えっ……」

「認めて貰うために、今は一生懸命稽古をしている。そして腕を認められた暁には、真季さんを口説いて婿入りするのだ」

「……」

「さすれば、俺の大好きな真季さんと夫婦になることと、道場主という夢をふたつ叶えることができる。そして、ふたりして幸せになるのだ」

　酔っ払った勢いで話しているのか、本気なのか、時三郎には分かりかねたが、筒井は確信しているように、

「真季さんの方も俺に気があるようでな。とはいえ、師弟関係にあるから寝込みを襲うわけにはいくまい。だから誠心誠意、修業に励み、少しでも強くなりたいのだ」

「――かなり思い込みの激しい人なんですね、筒井様は」

　時三郎が言うと、筒井は「えっ」と不思議そうに顔を向けた。

「だって、真季先生には言い交わした人がおりますよ。黒瀬様……私の上役の筆頭同心ですけれどね、そんな話をしてました」

「ま、まことか……」

「お相手は誰かまでは知りませんが、なんなら聞いておきましょうか」

「さような話は信じとうないが……おのれ……それが事実なら、真剣勝負で決着をつけてやる……俺は負けぬ。真季さんを是が非でも俺のものにするのだ」

「……」

「時三郎殿……真季さんを籠絡しようとしている相手が誰か、教えて下され。拙者、そやつに決闘を申し込む……こうしてはおられぬ。稽古だ。少しでも稽古をせねば」

　思い詰めたように立ちあがると、筒井は「御免」と言って、店から出ていった。

「旦那。鯛飯は……」

　寛次が声をかけたときには、もう筒井は駆け出していた。桜は暖簾を分けて、

「またいらして下さいね」と見送ったが、

「――あまり、関わらない方がいい人かもね……やっぱり友だちいないんだ」

と笑った。

「そうだな。関わらない方がいいかもな」

いつの間に居たのか、付け台の奥の席から、文治も頷いていた。

二

事件が起きたのは、その夜から一月ほど後のことだった。

夏も終わりに近づき、初秋の風で少し寒い夜だった。名月が澄んだ空に浮かんでおり、雁の声が聞こえる。

道場でもすっかり顔馴染みになっていた時三郎は、一番新しい門弟であり、年下であることもあって、末っ子扱いされていた。筒井が音頭を取って、道場の門弟数人を誘って、『おたふく』で宴会となったのである。

付け台と小上がりで賑やかに話が弾んでいた。

「真季先生も呼べば良かったのに」

「誘ったが断られた。先生はあまり門弟と宴席はやらないそうだ」

「ああ。真季先生の父上も厳しかったからな。師弟関係は稽古場だけでよいと、酒を酌み交わすことは避けていた」

「たしかに、あまり仲良くし過ぎると、稽古も甘くなるかもしれぬしな」

「町人が多い町道場などは、馴れ合いでやってる所もあるからな」

「そういう道場は所詮、金儲けだけだ。俺たちのような真剣に武芸に打ち込むのと違う」

　などと酒席らしく噂話をしていると、誰かがふいに、

「そろそろ、真季先生も婿を貰って、亡き父上を継いで、『錬武館』の看板を引き継いで貰わねばならぬな」

　と言った。

「知らぬのか。もう決まってるらしいぞ」

「何がだ」

「婿殿だよ。川船奉行の広瀬龍一郎様だとか」

「えっ――」

　みんなは一斉に筒井を振り返った。川船奉行所の役人だからである。

「知っていたのか、おぬしは……」

「少し前にな……だが、俺は諦めぬ。真季先生は俺のものにする」

筒井が意地になったように言った。が、他の門弟たちは、筒井が真季に惚れていたことは今、知ったのである。

「そういや、おまえ、時々、変な色目で見ていたなあ」

兄弟子の山岡陽介がからかった。山岡は小普請組の旗本で、いわば無役だが、公儀の普請場人足などの世話をしていた。

「たしかに、あの美貌だからな、先生の顔見たさに道場に通っている奴も多い」

「山岡様もそうなのではありませぬか」

誰かがやはり、からかうように言うと、山岡はキッパリと否定した。

「俺は妻子持ちの四十男だ。それに、この悪い人相じゃ、相手にしてくれまい」

「よく自分のことをご存知で」

「己のことを知らずして、敵を倒せるわけがあるまい。剣の修業とは己と向き合うことだ。よく覚えておけ。ワハハ」

話が逸れていき、一同は和気藹々になったが、筒井はいつになくふて腐れた態度で、

「私は反対です。広瀬様は剣術の方はからきし駄目だし、第一、香取神道流とも

違う。金に汚いし、素行もよくない。武士の風上にも置けない奴です」

と乱暴な口調で言った。

一同は単に妬いているだけだと見ていたが、山岡だけは不快な顔になって、

「おまえ、いつから、そんなに偉くなったんだ」

「……」

「仮にも広瀬様はおまえの上役の旗本だ。しかも、まだ三十路前の若さで川船奉行の職に就いている。おまえとは出来が違うのだ」

「山岡様も旗本ですからね、肩を持ちたい気持ちは分かりますが、本当はろくでなしと知っているでしょう」

「口が過ぎるぞ、筒井ッ」

山岡は制するように声を強めたが、酔っ払った勢いなのか、筒井はさらに悪し様に、

「側に仕えているからこそ、よく分かるのです。広瀬様は自分の出世のことしか考えていない。真季さんも利用されるだけだ。『錬武館』は代々、すぐ近所の小野家との繋がりも深い。小野家は将軍家剣術指南役。老中や若年寄と付き合いもある」

「だから、なんだ。広瀬家は三河譜代の旗本家だ。俺のような二百石取りではなく、千石の大身旗本。川船奉行は勘定奉行支配だが、いずれその地位にも上がる才覚がある」

「つまりは出世の手段ではありませぬか。百歩譲って、剣術の腕前がここにいる誰よりも優れているのならば、道場主になるのは結構。だが、ろくに刀の握り方も知らぬ奴には、遠慮願いたいものだ」

「剣術だけの世ではないぞ。おまえとて、人のことを言える腕か」

「なんだと……」

筒井の顔色が俄に変わった。だが、山岡は侮蔑した目つきで、

「真季先生に岡惚れしてるようだが、酒で憂さなんぞ晴らさずに、悔しかったら真剣勝負で勝つか、さもなければ奉行になったらどうだ。御家人には到底、無理だろうがな」

と言った。まるで挑発しているようにも見えた。

「ちょ、ちょっと待って下さい……」

思わず時三郎が止めに入ったが、筒井の怒りは頂点に達しており、

「俺の腕にケチをつけたな、山岡。上等だ。今すぐ真剣で勝負してやる。表に出

ろ」

　と呼び捨てにして言った。

　だが、山岡はただ小馬鹿にしたように見るだけで、

「おまえがこんなに酒癖が悪いとは思ってなかったよ。広瀬殿は知らぬ仲ではない。おまえの今夜の行状は伝えておく。でないと、勤めにも差し障りがあるだろうからな」

「よく言えたものだな、山岡……あんたもグルだってことは先刻承知なんだよ」

「――なんだと……？」

　山岡の目つきもギラリと鋭く変わった。それでも、筒井は何か曰くありげに挑発し続けて立ちあがった。

「広瀬が出世したら、道場の同門ということで引き上げて貰うつもりか。あんたも旗本の端くれなら、意地ってものがないのか。その腕に恥じることをして平気なのか」

「それ以上言うと、許さぬぞ」

「俺はあんたの武士としての矜持を訊いているのだ。剣の腕は一流だ。俺でも敵うかどうか分からぬ。だからこそ、広瀬のような奴に媚びへつらうあんたが情け

ないのだ」

「貴様ッ――!」

と山岡が立ちあがった。

だが、その間に割って入ったのは時三郎ではなく、寛次だった。

「旦那方、話の中身は分かりやせんが、あっしの料理が不味いから喧嘩になったのかもしれやせんね。美味いものを作り直しやすから、どうぞ機嫌も直して下さいやし」

「どけッ。筒井が突っかかってきたのだ」

「ヤットウの勝負なら、明日にでも道場でやって下せえ。ここは料理屋なんで」

それでも踏み出そうとする山岡と筒井の間から、寛次は動こうとしなかった。

すると、他の門弟たちが宥めるように、ふたりを座らせようとしたが、筒井の方だけは憤懣やるかたない態度で店から出ていってしまった。

山岡は苦々しく見送っていたが、座り直してグイッと酒を呷った。

その夜、遅く――。

風が強くなったので、火事が起きないか見廻りをしていた風烈廻昼夜廻り同心と町火消しが、小名木川に浮かんでいる死体を見つけた。中川船番所の近くである。

引き上げると惨殺死体で、それは筒井であった。

刀傷は無数というほどある。相手はひとりではなく、複数の者になぶり殺しにされたのであろう。しかも筒井は道場では屈指の腕前で、幾つかの試合でも勝っていたほどだ。酔っ払っている上に、不意打ちを食らったに違いない。

岡っ引・五郎八の報せを受けて、小名木川沿いにある自身番に駆けつけた時三郎は、先刻まで同席していた筒井の変わり果てた姿を見て愕然となった。

「つ、筒井さん……止めればよかった。せめて、一緒に来ればよかった……」

時三郎は、まるで死んだのが自分のせいであるかのように嘆いた。

一緒について来た『錬武館』の門弟たちも、筒井の亡骸を目の前にして、すっかり酔いが醒めていた。さすがに山岡も喧嘩別れした直後なので、痛ましい顔になっていた。

「――こいつは……以前は新陰流を嗜んでいたが、その流派を名乗る町道場に、道場破りをしに行っていたことがある」

「道場破り……」

誰かが不安げな声で訊き返した。

「みんな知ってのとおり、新陰流を創った上泉伊勢守は、元々は香取神道流を究めた御仁だ。ゆえに、同じ流れを汲むと言ってもよい。そして、塚原卜伝の新当流の名人だった柳生宗厳が、上泉伊勢守の剣術に打ち負かされ、弟子入りした。ゆえに、筒井は新陰流にも誇りを持っていた」

「そうでしたか……私も一応、新陰流……といっても柳生新陰流を学びましたが、そのようなことは、あまり考えてもみなかった」

時三郎が言うと、山岡は先程の憎たらしそうな表情は消えて、筒井のことを愛でているような口調に変わった。

「嘘か本当かは知らぬが、筒井は戦国武将の筒井順昭の流れを汲む者らしい。その頃、筒井家は柳生の里を攻め落とし、豪族の柳生家の宗厳を人質とした。だが、宗厳の剣の才覚を認めた筒井家当主は、新当流の修業をさせてやったのだ」

「……」

「だが、後に信長軍に加勢した柳生家と筒井家は激しく対立してしまったが、その頃はもう宗厳は五畿内一の使い手との評判だった。だから、筒井は柳生新陰流を毛嫌いしていたのかもしれぬな」

筒井の亡骸の前で、場違いな話をしていると感じた時三郎だが、

「山岡さんは、何処（いずこ）かの道場の者たちが筒井さんをこんな目に遭わせた……と言いたいのですか。しかも柳生新陰流の……」

「断定はできぬが、恨みを買ったのかもしれぬ……そう思うと無念で仕方がない」

先程は血相を変えて罵（のの）しり合っていたふたりだが、やはり同門同士の思いやりはあるのかと、時三郎は感じた。

翌日——。

時三郎は本所方（ほんじょかた）の与力・伊藤洋三郎（ようざぶろう）と一緒に中川船奉所を訪れて、川船奉行の広瀬龍一郎と面談した。筒井の検屍（けんし）などの報告も兼ねて、このような事態になったことに思い当たる節（ふし）はないか尋ねた。

「いや、それが何も……先触れから聞いて驚いてばかりだ」

広瀬は武官というよりも、やはり文官という穏やかな風貌で、揉め事などは話し合いで避けるという雰囲気であった。まだ三十そこその若さであり、老中や若年寄からも将来を嘱望（しょくぼう）されている旗本であろうと思われた。

「後は、こちらで調べた上で善処するので、任せて戴きたい」

武士の事件なので町方は手を引けとでも、広瀬は言いたげだった。時三郎は昨夜、『おたふく』であったことを丁寧に伝え、

「探索のことですから、気を悪くしないでお聞き下さい」

と話した。

「筒井さんは、道場の兄弟子である山岡陽介さんと口論になり、その際、広瀬様のことを悪し様に罵っておりました」

「なに……」

「それを山岡さんが咎めようとして、一触即発になりました。なんとか収まりましたが、その直後の事件です。しかも、見るも無残な滅多斬りでした。何か心当たりはありませんか」

「いや。気になることでもあるのか」

「たまさかの事件とも思えません。筒井さんがここまでされるほど恨んでいる者、あるいは生きていては不都合な者とか、どんな小さなことでも構いません。ふだんの様子から、何か気づいたことはありませんか」

「知らぬ。筒井は川船同心としては真面目な男だが、昨夜もそうであったらしいが、酒癖は悪い。誰かに反感を買われていても、さもありなむだが……心当たり

までではない」

「さようですか。では、此度の一件は引き続き、北町奉行所で探索致します」

「なんと……川船奉行預かりでは不服と申すか」

「いえ。ですが、川船奉行はそもそも関八州からの船荷の検査や人の出入りを見守る関所役人でございます。人殺しの探索は町方の仕事でございます」

「信頼ならぬと……」

「そうは申しておりませぬ。どうぞ、川船番所でもお調べ下さい。武士同士の争いだと分かっておりますれば、町方の入る余地はありませぬが、下手人の中には町人がいるかもしれませんので、引き続きやります」

「……」

「なにより、私も『錬武館』の門弟のひとりであり、昨夜の宴席の場は、私の親戚も同然の店でのことですので、責任を感じているのでございます」

「ほう、おぬしも『錬武館』の……」

わずかに広瀬の目が輝いた。それを受けて、時三郎は真剣なまなざしを向けたまま、

「美しい道場主でございますね。筒井さんもちょっと好いていたようですが、広

瀬様のような立派な許嫁がいるとは知らず、さぞや無念だったでしょう」

「――その話が関係あるのか」

「いいえ、まったく……とは言えないので、探索しているところです」

「勝手にせい。名奉行遠山様の指図ならば、間違いはなかろう」

皮肉めいて言った広瀬は、チラリと伊藤を睨みつけてから、背を向けて奥に去った。

船番所の門から出て来ると、大きな銀杏の樹の下に、文治が立っていた。時三郎が近づくと、文治は痛ましい顔で、

「すみません。昨夜、あっしは二階で寝てたもんで」

「幽霊でも眠たくなるのか」

「そりゃそうです。若もなってみれば分かりますよ。あ、ならないでいいです」

文治は両手を振りながら、

「それより、若も少しは言うようになりましたね。川船奉行を相手になかなかでした」

「俺は、筒井さんの無念を晴らしたいだけだ」

「同心には、その心がけが大事です」

「褒めてるのか、貶してるのか」

　時三郎は不満げに十手を軽く振ったが、文治は「褒めてるのだ」と言って、

「広瀬様はなかなかの曲者です。此度の事件には何か裏があると思いやすんで、あっしも色々と調べてみます」

「ああ、頼んだぞ。五郎八はまだまだ頼りにならないのでな」

　頷いて立ち去ろうとすると、伊藤がじっと時三郎の方を見ていた。おもむろに近づいて来ると、小首を傾げ、

「いつぞや黒瀬殿も話していたが、おまえはよくひとりで、ぶつぶつ言ってるらしいな。大丈夫か、おい」

「とんでもありません。〝ぶつくさ洋三郎〟の異名のある伊藤様には敵いません」

「どういう意味だ」

　伊藤はいつも独り言を洩らしているのだが、自分では気づいていないと同僚の与力や同心によく言われている。

「いえ、特に何も……とにかく、中川船番所は本所方とも密な関わりがありますので、何かあったら宜しくお願いします。私は、きっと筒井さんの死の裏には何かあると思います」

「何かとは……」

「まだ分かりません。でも、広瀬様は隠していることがあるような気がします。どうか事件解決の手助けを」

時三郎は一礼すると、ここからそう遠くはない所にある筒井の屋敷に向かった。

三

独り暮らしの筒井の屋敷は、殺風景なものだった。

御家人とはいえ、冠木門(かぶきもん)に六十坪から百坪の敷地に、数部屋ある屋敷である。単身には広すぎるくらいであった。近くには同じような御家人の屋敷が並んでいたが、さらに周辺になると町場がほとんどだった。

すでに運び込まれている筒井の亡骸(なきがら)は、町方中間(ちゅうげん)や番人たちが血濡れた体を拭い、白装束(しろしょうぞく)に替えていた。ぽつんと置物のように寝かされている筒井の顔には白い布が被せられている。時三郎がそっと取ると、見つかったときとは違って、穏やかな表情になっている。

「――筒井さん……俺は必ず……」

下手人を挙げると心に刻み込んだ。短い付き合いだったから、どのような人間であるかまでは深くは知らない。たしかに依怙地になる気質は見え隠れしていたが、山岡とのやりとりでは異様なくらい、筒井は興奮していた。

こうして筒井が亡くなったと知っても、近くの者が弔問にも来ないのだから、もしかしたら人づきあいが悪かったのかもしれないと、時三郎は思った。

その時、若い町娘が申し訳なさそうに、中庭まで入ってきて、

「筒井様……拓磨様がお亡くなりになったというのは本当でございますか」

と声をかけてきた。

「ご覧のとおりだが、あなたは？」

時三郎が尋ね返すと、町娘はすぐ近所に住む者だと言ってから、俄に嗚咽しそうになった。必死に我慢する姿があまりにも切なげだったので、筒井と理無い仲の女かと思ったが、時三郎の早とちりだった。

「私は、大工の棟梁・弦太郎の娘で、小春といいます」

「小春さん……」

「お父っつぁんは頑固者でしたが、なぜか筒井様とは気が合って、よく一緒に飲んでました。二人とも底なしで、べろべろになるまで夜通しで……」

「そうでしたか……」

「ですが、そのお父っつぁんも……実は三日程前に亡くなったばかりなんです」

「えっ……!?」

「でも、お父っつぁんは首を吊ったんです。出先の普請場で……建前の家の梁にぶら下がって……」

あまりに衝撃的な話に、時三郎はどう答えてよいか分からなかった。

そこへ、小春を追って来るように、若い男が現れた。泣き出しそうな小春の肩をそっと抱き寄せて、こくり頭を下げると、

「あっしは泰三ってえ、棟梁の弦太郎親方の弟子です。小春ちゃんとは夫婦になる約束で、ついこの前、棟梁から許しを得たばかりでした。なのに、あんな死に方するなんて……しかも、大工が自分が手がけた家で死ぬわけがねえ」

「……」

「旦那……これは何かあるに違えねえ。棟梁は遺書らしきものも残してねえし……きっと誰かに殺されたに違えねえ」

「殺された……!?」

時三郎は、泰三という男が話していることの中身は分からないが、筒井の死を

不審に思っていただけに、殺されたという言葉が気になった。そう思う事情を訊いてみると、泰三は大工らしく事細かく話した。

「実は、棟梁はある大店の主人と揉めていたことがあるんです」

「ある大店ってのは……」

「『西海屋』という廻船問屋です」

「廻船問屋……またかい」

「また……？」

「いや、こっちの話だ……で、何を揉めていたのだ」

「それはよく分かりません。ただ、『西海屋』の手代って人が来て、棟梁にかなりの金を渡したところを、あっしは見ました」

「金……」

「何かの口止め料のように思えました。でも、棟梁はそんなものはいらないって突っ返したんです。棟梁は普請について秘密を人に漏らすようなことはしねえって」

「秘密……どんな秘密か思い当たるかい」

「はっきりとは……でも、よほどのことだと思います。だから、その後も、『西海屋』の番頭や手代が……そう名乗ってるだけで、明らかにならず者でしたが……時折来ては、棟梁に念を押してました」

「ふむ……」

時三郎は、小春と泰三の話を頭から信じたわけではない。だが、近くの自身番で岡っ引に話しても、ほとんど相手にされなかったという。筒井が殺されたと聞いて、ふたりとも俄に不安が適中したのではないかと思ったのである。

筒井の亡骸を目の前にして、時三郎は改めて、殺しの下手人が誰か暴くと誓った。それが、棟梁が自殺だったかどうかの解決になるかもしれないからだ。

廻船問屋『西海屋』は鉄砲洲にあるが、そこは主に〝倉庫業〟を兼ねてのことで、店は日本橋の一角にあった。

店構えは間口が三十間(けん)はあろう大店で、老舗らしい立派な軒(のき)看板が掲げられていた。前の通りには、荷車が何台も到着して、手代や人夫たちが忙しげに働いている。大通りとはいえ、他の商家や往来する人たちの邪魔になりそうだが、文句を言う者はいない。

時三郎は溜息(ためいき)交じりに軒看板を見上げながら、

「こんな立派な大店が、大工棟梁に口止めするって、一体何なんだ……」

と呟きながら店に入ると、商人や人夫たちがごった返していて立錐の余地もなかった。そもそも商家の敷居を町方同心が跨ぐのは、忌み嫌われている。

帳場にいた番頭らしき五十絡みの男は一瞬、顰め面になって、

「旦那……御用でしたら、裏手の方へ」

と言った。まだ若い同心だからか、明らかに態度もぞんざいである。

逆らう必要もないから、時三郎は言われるままに帳場の横手にある奥に繋がる土間を通って、人夫たちの休憩場に使われている部屋に通された。

「番頭の錦之助という者ですが、旦那は……」

「北町奉行所の定町廻り・大間徳三郎だ」

「大間……ああ、もしかして……」

「その息子だ。立派な親父で良かったよ。素性を説明するのが省けるのでな」

「ええ。とても凄腕の同心という噂でした。私も何度かお目にかかったことがあります。体格も立派で、いかにも高潔という感じの御仁でした」

錦之助はそう言いながらも、迷惑そうな態度であることは、時三郎は感じている。

「主人はいるかい。名はたしか……秦右衛門だったな」

「いえ、今は八代目の嘉右衛門でございます。今、留守にしておりますので、話は私が承ります。御用向きはなんでございましょう」

用心深そうな目を錦之助が向けるのへ、時三郎は落ち着いた態度で、

「――大工棟梁の弦太郎は知っておるな」

「よくお世話になっておりました。つい最近、お亡くなりになったそうで」

「弦太郎は誰にも好かれ、信頼されていた人物だとのことだが、心当たりはないかい」

「え、何のですか……」

「死因とか、そういうのだよ」

「さあ……お世話にはなりましたが、特に親しくしていたわけではありませんので」

「そうなのか？」

「ええ……」

「しかし、主人の嘉右衛門ってのか……そいつは何度も棟梁の所に訪ねてきていたらしいが……もちろん、番頭のおまえもな」

「はい。倉の普請や屋敷や寮などの建て直しや修繕については、色々と話を……」

「いや、いいんだ。特に親しくないというから訊いたまでだ」

「で、棟梁について何を調べたいのでしょうか。私どもが知る限りのことは、お話ししたいと存じますが」

錦之助は用心深そうに時三郎を見ており、余計なことは話すまいと身構えている。

「棟梁を殺した下手人を探してる。心当たりはないか」

「えっ……首吊りじゃなかったんですか」

「どうして、首吊りだと？」

「――どうしてって……そう聞いたものですから……」

「誰からだい」

「色々と噂になっておりましたが……」

「棟梁が亡くなったのは三日前だ。しかも、娘やその許嫁(いいなずけ)は、自害だとは誰にも話していないのだがな」

　たしかに自身番では、自害と処理されたが、深川での出来事であるし、番人たちも誰にも話していなかったはずである。時三郎はそれを承知の上で、あえて問いかけた。

「噂など出るわけがないのだ。誰から聞いたのか。それだけでも話してくれないか。そいつが、首吊りに見せかけて殺したと考えられるんだ」

「いえ、そう言われても……」

まずいことになったというふうに、錦之助は唇を歪(ゆが)めた。明らかに何かを知っている顔である。時三郎は畳みかけるように、

「建前の家の梁には、引きずり上げられたような綱の痕(あと)が残っている。見つけたのが、幸い普請を頼んだ商家の者でな、誰にも気づかれないうちに下ろしたんだ」

「……」

「だから、首吊りで死んだと知っているのは、娘と弟子、それと商家の者だ。もしかして、その商家の者が話したのかい」

「あ、ええ……もしかして、そうかもしれませんね……私が直(じか)に聞いたわけではないので、確かなことは言えませんが……」

「では、その商家の者が噂を流したってことになるな……でもな、首吊りをしたような家は、なかなか売れないからな。噂を流すわけがないんだ。ああ、その商

家とは普請請負問屋なんだよ」

「……」

「つまり、誰も話してないのに、おまえさんは〝首吊り〟だと知ってた」

首吊りという言葉を強調して言ってから、時三郎は十手を向け、

「だが、別にあんたがやらかした、なんてことは言ってないぞ。この店の主人と棟梁が深い仲らしいから、事情を聞きにきたまでだ。何か不審なことでも思いだしたら、いつでも北町まで報せに来てくれ」

と説諭するように言うと、大した収穫はなかったという顔で店から出ようとした。そのとき、何人かの商人と一緒に、見るからに若い主人が帰ってきた。嘉右衛門である。

出会い頭のようにぶつかりそうになった時三郎に、

「おや、町方の旦那がどうして……縁起が悪いなあ。御用なら裏手で……」

と番頭と同じことを言った。

「もう用は済ませた。いやあ、このような立派な大店の主人が、かように若いとは、いやはや三十俵二人扶持の役人には羨ましい限りだ。お見知りおきのほどを」

時三郎はわざと謙るように言って、立ち去った。

「ふん。サンピンが……」

と嘉右衛門は吐き捨てたが、錦之助が近づいてそっと耳打ちをすると、俄に眉間に皺を寄せて苛ついたように奥に入った。

四

中川船番所の〝関所〟の門は、暮れ六に閉まる。昔は「入り鉄砲に出女」と江戸への出入りは厳しかったが、今も出女については厳しい。大名の子女が国元に密かに帰ることが、時にあるからだ。

掘割の途中に格子門があり、川船が停泊している。川船番役人が河岸や荷船に乗り込んで、荷物を改めている。

それを——少し高い台座から、川船奉行の広瀬が見守っていた。

門を閉める直前ギリギリに、一艘の川船が滑り込むように通過した。江戸への荷である樽が数個、積まれている何の変哲もない川船だった。船頭は船を停めて、

「ご苦労様です……廻船問屋『西海屋』の荷でございます」

と通行証を見せると、与力が船に乗り込もうとした。すると、広瀬が立ち上がって船着場に近づきながら、

「『西海屋』と申したな……大奥直送のものとあるが、証（あかし）を見せろ」

と迫った。

「それは……船頭の私には分からないことですので……」

「怪しいな。ここにはそう書かれておるが」

広瀬は手にしていた荷改め用の書類を見せ、

「大奥にお届けする大事な物ならば、この川船奉行、広瀬龍一郎が権限をもって直々（じきじき）に調べるゆえ、おまえたちは他の船を見ろ」

と与力や同心に命じた。

川船奉行が改めるとなれば、時がかかることが多いので、他の川船からは不満が出ることがある。だが、閉門直前の最後の荷だから、じっくりと扱っても、迷惑がかかるのはこの船頭だけである。

すぐさま広瀬は川船に乗り込み、船頭に荷物の蓋を開けさせて、ひとつひとつ丁寧に見て廻った。半刻（はんとき）ほどかけてじっくり確認しているうちに、辺りはすっかり暗くなっていた。

「――よし、構わぬ。通せ……もし、この先何かあれば、この証明書を見せるがよい。川船奉行自らが改めた荷だとな」

船頭は恐れ多そうに押し頂いて、大切そうに懐(ふところ)に仕舞うと艪(ろ)を漕ぎ出した。荷船はゆっくりと大川の方へ向かった。

それを対岸から見ていた時三郎は、訝(いぶか)しげに顎に手を当て、傍(かたわ)らにいる五郎八に、

「なんだか妙だよな。わざわざ『西海屋』の荷だけ、広瀬様は改めた」

「へえ。しかも与力や同心を外させて、自分だけでなんて、プンプン臭いやすね」

「おまえは、あの荷船が何処(どこ)へ行くか追ってくれ。大奥直送とのことだが、だとすると一石橋(いちこくばし)の辺りで下ろすはずだ」

「承知しやした。で、若旦那は……」

「しばらく広瀬の様子を見ているよ。文治にも頼んであるのだがな」

「また文治親分のおでましですかい。じゃ、あっしはこれで」

五郎八は冗談めいて言って、その場から立ち去った。入れ替わるように、堀川沿いの柳の下から、スーッと文治が現れた。

「今晩は。今宵もなかなかよい月ですな」

「つまらねえ挨拶はいいから、調べたことを教えてくれ。広瀬様はふたつの殺しに関わっているかもしれないのだ」

「若もなかなか定町廻り同心らしくなってきやしたね。『西海屋』の番頭への揺さぶりのかけ方もなかなかでしたよ」

「おまえの褒め方はいつも、なかなか、でしかないのだな」

「上出来って意味です」

「いいから、さっさと話せ。広瀬様は筒井さん殺しに何か関わりあるに違いないんだ」

　急かすように言う時三郎を、文治は諫めるように、

「思い込みや早とちりに走っちゃいけやせんぜ、若……焦りは禁物です。事実をひとつひとつ積み重ねなきゃ、土台からひっくり返ることになりやすからね」

「……」

「何より冤罪を生むことがある。それだけはしちゃならねえって、お父上はいつも……」

「説教はいいから、広瀬様の行いに何か不審なことはないのか」

「へえ。特にありやせん」

文治がキッパリと言うと、時三郎は不満そうに、

「ちゃんと調べたのか。幽霊でも足が痛いだの、年だから疲れるのだって、怠けていたんじゃないだろうな」

「死に損なってまで、扱き使われるとは思ってもいやせんでした」

「なんだ、その言い草は。おまえはいつも、俺を一人前にするために、死んでも死にきれないなんぞと言ってるではないか。もういい。家に帰って酒飲んで寝てろ」

　時三郎は腹を立ててズンズン歩いていこうすると、文治はふわりと宙を浮いて尾いて来ながら、

「何処へ行きなさるんで。当てでもあるんですかい」

「ない——」

「へえ、ないのに何処へ……今晩、広瀬様は『西海屋』の主人、嘉右衛門とこの深川の茶屋で芸者を呼んで遊ぶらしいですぜ」

「えっ。なんで、それを先に言わないんだ」

「勿体つけたわけじゃないんですがね、先廻りした方がよいのか、後から乗り込

んだ方がいいのか、それとも若が幇間にでも変装しやすかね。あるいは、あっしがこっそりと……その策を練ろうと思いやして」

「ふざけるな。俺は筒井さんの無念を晴らし、棟梁の弦太郎と……」

「分かってますよ。だからこそ焦らないで、じっくりと構えて下さい。でないと、敵はもう若の動きに勘づいてやす。獲物を追い詰めても逃がしちゃ元も子もないですからね……ほら、あちこちに若を見張ってる者がいやすよ」

文治の言葉に、時三郎が辺りを見廻すと、たしかに遊び人風の男が、数人、月明かりにチラチラと見え隠れしている。

深川七場所と呼ばれる遊郭は、富岡八幡宮の周辺にある。

そのひとつ土橋の一角に、『丹後』という茶屋があった。まさに紅灯の真ん中にあり、あちこちから三味太鼓の音や遊女の嬌声も漏れ聞こえている。吉原のような公許ではないが、江戸で七十余りある岡場所に比べて上品であり、吉原の風情を味わえる待合茶屋なども揃っていた。

茶屋『丹後』の二階座敷には、ほろ酔いで上機嫌の広瀬がおり、少し離れて嘉右衛門が穏やかな面持ちで座っている。舞台では妖艶な芸者たちが華麗な舞を披露しており、合間には幇間が酒席芸をしていた。

盛り上がったところで、嘉右衛門は手を叩くと、

「ほれ、褒美だ。みんな好きなだけ取っていけよ。ほれ、ほれ」

と鯉に餌でも与えるように、小判を床に放り投げた。

途端、芸者たちは畳に這い蹲うようにして小判を奪い合った。それも芸のうちなのか、お尻をわざと突き上げて、見世物のようにしている。広瀬と嘉右衛門は女たちの媚態を見て、笑いながら酒を酌み交わした。

ひとしきり金を奪い合うのが終わると、夢路という芸者が嘉右衛門の側に来て、

「おふたりともお若いのに、ご立派ですこと。ねえ、若旦那……そろそろ私を嫁にしておくれでないかえ？　いつまで待たせるのさ」

とねだるように言った。

「はは。おまえのことは、広瀬様がお気に入りだ。囲い女になるか、いっそのこと奥女中にでもなって可愛がって貰え」

と言うと、広瀬の方もまんざらでもない顔で、夢路に側に寄れと手招きをした。

「いや、なかなか美形じゃな。儂好みだ。今宵は世話になれるのかな」

「お武家様……無粋なことは言わないで下さいまし。私は芸者です。遊女とは違

いますので、そちらならば遊郭にどうぞ」

鉄火芸者らしくハッキリと断ると、広瀬はむしろ楽しそうな表情で、

「俺は気の強い女が好きでな。なんとも、そそられるわい」

と鼻の下を伸ばしたときである。

なぜか突然——真季が入ってきた。いつもの道着姿で、髪を束ねただけで化粧気もない。背丈もあるので、一見するだけでは若侍である。しかも態度が場違いなほど凜然としているので、居残っていた芸者衆もアッと振り返った。

「——ま、真季……どうして、ここに……」

目を疑ったように広瀬は立ち上がり、真季に向かおうとした。だが、真季は落ち着いた武芸者らしい口調で、

「そのままで結構でございます。広瀬様、此度の縁談、断らせて戴きます」

と言った。

「な、何を急に……しかも、かような宴席で、どうかしているぞ」

狼狽する広瀬を横目で見ながら、夢路が呟いた。

「女の方でございましたか……」

チラリと夢路を見た真季は、小さく頷いて、

「そうです。楽しい宴を壊しにきたわけではありませんが、無粋な真似をして申し訳ありません。しかし、広瀬様……」

と強い目力で続けた。

「私の門弟のひとり、筒井拓磨さんが無残にも殺されたのは承知していますよね。あなたの部下ではありませぬか。しかも、まだ喪中である時に、その神経を疑います」

「それはそうだが、『西海屋』とは前々からの約束でな。無下にも断れず……」

言い訳をする広瀬に、真季は嘉右衛門の方に目を移し、

「しかも、筒井さんを殺したのは、『西海屋』に出入りしているならず者です」

と断言するように言った。

「何を馬鹿な……」

嘉右衛門はすぐにカッとなる気質なのか、相手が広瀬の許嫁だと承知していながら、強い言葉を返した。

「そこまで言うのなら、証拠があるのでしょうな」

「あります。私も筒井さんが惨殺されたと知らされてから、自分なりに調べておりました。父上は道場主でしたが、公儀目付をしていたときもありますからね。

不正や罪に対しては毅然と対処しておりました。私も同じです」

「正義をふりかざすのは、あなたの勝手だが、『西海屋』の看板を汚されてはね。証拠があると言いましたね。出して貰いましょうか」

「ここでやることではありません。明日にでも、町奉行所から呼び出しが来るでしょうから、言い訳なら、そちらでして下さい」

「町奉行所……」

俄(にわか)に胸に不安が広がった嘉右衛門は、顰(しか)め面(つら)になって、

「もしかして、北町の大間とやらが行っている探索の手助けをしてるのですかな。大間某(なにがし)もあなたの門弟らしいからね」

「はい。大切な門弟です」

キッパリと真季は言ってから、広瀬の方に向かって、

「どうやら、あなたは道場主に向いておりませんね。御老中・堀部能登守様からの御推挙で、あなたと会いましたが、初めてお会いしたときから違和感はあったのです」

「おいおい。何もこんな所で……儂に恥をかかせたいのか」

「私の話を聞いておりましたか？　そこの嘉右衛門さんが、あなたの部下を殺し

たかもしれないのです。何とも思わないのですか」

「確かな話ではあるまい……おまえこそ酔っているのか。どうかしてるぞ」

「あなたに、おまえ呼ばわりされる筋合いはありませぬ。とにかく縁談は断ります。嘉右衛門さん、逃げも隠れもしないように」

真季は言いたいことだけを吐露(とろ)して、背中を向けて階下に行こうとした。すぐに立ちあがって追いかけた広瀬は、

「おい。いい加減にしろ。女だからって、甘い顔をしておれば」

と肩に手を掛けた。

途端、ふわりと広瀬の体は宙返りしたように浮いて床に落ちた。

夢路たち芸者もアッと声を上げて驚いた。

「ご覧のとおり、優しさのかけらもない、女を馬鹿にしている男たちです。商売とはいえ、かような男には近づかない方がよいかと」

あくまでも冷静に真季は言って、堂々と立ち去るのであった。

「いい男っぷりだねえ……いや、いい女だねえ。惚れ惚れしちゃうねえ……」

ニッコリ微笑(ほほえ)む夢路の側では、広瀬と嘉右衛門は歯噛みしていた。

そんな様子を、座敷の片隅から見ていた文治も、

──いい女だねえ……若は、もっとしごいて貰わないとなあ。

と呟いていた。

五

翌日、時三郎は五郎八を連れて、再び『西海屋』に赴いた。ところが、主人の嘉右衛門は二日酔いで寝ているとのことで、番頭の錦之助が対応に出てきた。

「二日酔い……そりゃ夜遊びが過ぎれば、そうなるだろうが、店のことは、おまえさんらに任せきりってことか」

皮肉たっぷりに時三郎が言うと、錦之助は先日とは違った恐縮した態度で、

「正直、若旦那の放蕩には少々、困っているのでございます。ここではなんですので」

と少し離れた茶店に入った。奥にある小上がりの座敷では商談も行うという。

番頭は金で籠絡でもするつもりかと、時三郎は身構えていた。が、錦之助は神妙な顔で、本当に困惑した様子だった。

「実は昨夜は、川船奉行の広瀬様と一緒だったのですが、どうも様子が変でし

て」

　錦之助はそう切り出した。時三郎も当然、昨夜のことは、文治から話を聞いて知っている。もっとも、筒井の死について不審なことがあると真季に伝えたのは時三郎である。しかも、筒井が惚れていたことまで話した。

　すると、真季は筒井のことには意外な思いだったが、前々から広瀬にはおかしな言動があると気づいていたのだ。

「番頭……昨夜のことなら、俺の耳にも入っている」

「えっ、そうなのですか。何方(どなた)から……」

「その場に乗り込んできた『錬武館』の飯篠真季先生の道場には、俺も通ってると話したよな……何もかも筒抜けなんだよ」

　文治からとは言えるわけがない。

「あ、そうでしたね……ならば言うまでもないかもしれませんが、広瀬様は真季先生から縁談を断られました。そのことで、主人は家に帰ってきてから、大荒れに荒れたのです」

「どうしてだい」

　時三郎が身を乗り出して訊くと、錦之助は廻りを見てから声を潜(ひそ)めて、

「広瀬様は真季先生と夫婦にならなければ、出世の道が閉ざされてしまいます。若くて有望だとの噂はありますが、父親の七光りというやつでございます」

「なんだか、俺も耳が痛いな」

「旦那とは比べものになりません。とにかく何もかも人任せ。そういう意味では、うちの主人も同じで、先代がいた時には、ぐうたらしていてもよかったですが、主人になっても同じ。苦労するのは私たち奉公人です」

「……」

「しかも、広瀬様が出世と縁がなくなると、これまで渡していた金がすべて無駄になってしまいます……ああ、困ったものだ」

「渡していた金……とは」

「賄賂とかそういうのではありません。ただの遊興費です。でも、その金は広瀬様も絡んだ不正によって得た物もありますから、相手のせいにばかりはできず、主人は仲を断つつもりなんです」

「広瀬様も絡んだ不正とは、なんだ」

「それは……」

言い淀む錦之助に、時三郎の方から暴露するかのように言った。

「昨夜、ふたりして宴席で盛り上がる前に、広瀬はある船荷を自分だけで検分して、送り出したのだが……その後を俺の岡っ引に尾けさせた。すると、日本橋の河岸につけて大八車に移して運んできたのは、『西海屋』だ」

「……」

「大奥に届けるというのは嘘で、船番所の役人ではなく、広瀬が調べられるように細工していたということだ。その中身は一体、何だ」

「――いえ、それは……」

困って答えに窮する錦之助の顔を、まじまじと時三郎は見て、

「もしかして、抜け荷に関わっておらぬか」

「えっ……ど、どうして、それを」

「図星か。北町では前々から、抜け荷のことも探索していたのだ」

錦之助は俯いて小刻みに震え始めた。時三郎はさらに声を潜めながら迫った。

「おまえも知ってるだろう……先般、『薩摩屋』と『陸奥屋』という廻船問屋が、問屋組合を解散させようと画策して悪事がバレて失墜したことを」

「あ、はい……」

「そのとき、問屋組合解散の反対の一派に『西海屋』があった。もし、そうなれ

ば、問屋組合肝煎りまで務めた親父さんの威光もなくなるからな」

「……」

「その上、勘定奉行を見据えている広瀬にも影響がある。しかも、もし問屋組合がなくなれば、商売のあり方が変わるから、抜け荷をしていたことも公になるやもしれぬ。だから、解散反対に廻っていた」

「おっしゃるとおりでございます……ですが、大間の旦那……」

錦之助は不安げにゴクリと唾を飲み込み、

「抜け荷のことは番頭ですから、目をつむるというか、承知しておりました。ですが……」

「ですが？」

「つ……筒井さんを殺したことまでは知りませんでした。ほ、本当です……」

どうやら錦之助が言いたかったのは、このことのようだった。

「た、助けて下さい、旦那……私は先代から仕えていたので、店のことは一から十まで知ってます。若旦那が広瀬さんと気があって、抜け荷をしていたのも……」

「うむ。すべて正直に話せ」

時三郎が親身になった顔で頷くと、錦之助は震えながらも、

「は、はい……筒井様が抜け荷に気づいたのは、ほんの数日前のことでした。真面目な人らしく、うちに乗り込んできたとき、主人の嘉右衛門が、『こっちは広瀬様に命じられてやってるだけだ』と開き直ったのです」

「それで直談判にでもいったか」

「おっしゃるとおりです。どんなことが話し合われたかは知りません。でも、殺されたのは、その夜のことです……」

話を聞いて、時三郎はハッとなった。道場仲間と『おたふく』で飲んだ夜も、そのことで頭が一杯だったのかもしれぬ。だから、気持ちがクサクサしていたのであろう。

「殺したのが誰かは、私は知りません。ですが……夜遅くなって、勝手口の外に来た弁蔵というならず者が来てました……時々、取り立てなどに使っていた奴です」

「弁蔵……」

「そいつが『きっちり始末しやした』と言っていたのだけ、チラッと聞こえたんです……多分、筒井さんのことだと思います」

錦之助の震えはさらに大きくなった。

「俺のことを見張っていた奴もいたからな。そいつらかもしれぬな」

「はい。恐らく弁蔵らだと思います」

「そいつらが筒井さんを殺したのだな。広瀬様から嘉右衛門に命じてのことであろう……しかし、そうなると、大工棟梁（とうりょう）の弦太郎の首吊りは筒井さんの事件とは関わりないのかな……」

「……」

「おまえは棟梁が首吊りだと知っていた……よな。もしかして、それも弁蔵らの仕業……」

　確信したように言う時三郎に、錦之助は首を横に振りながら、

「本当のところは分かりません。でも、棟梁が首を吊った話は、主人と弁蔵らがしておりました。聞いていて、ぞっとしました」

「弁蔵が殺したとして、訳はなんだ」

「訳……」

「筒井さんは抜け荷を暴こうとして殺された。弁蔵も知っていたのか？　ふたりは夜通し一緒に飲むほどの仲良しだからな。弦太郎に話していたとしても不思議ではないが」

時三郎が言ったとき、錦之助は「もしかして」と呟きながら、何かを思い出した。

「棟梁の様子があれ以来、変だったんです……そのことで、筒井さんに相談していた節もあります」

「あれ以来……？」

「倉の建て直しです。鉄砲洲には、貸し倉も含めて二十棟あるのですが、うちの荷はそのうち三棟です。で、そのうちひとつは建て直して、一月程前に出来上がってます。でも、それを建てるときに、主人と色々と揉めてまして……」

「何をだい」

「分かりません。ただ、棟梁は『普請のことは俺に任せろ。素人が口出しするな。四の五の言うなら降りる』と凄い剣幕になったことがありました」

「ふむ……」

「もちろん、お互い納得したようで、無事、完成したのです……何をどう揉めていたかは私には……でも、もしかしたら普請のことですし、弟子の泰三が知ってるかもしれません」

「泰三が、な……」

棟梁が亡くなって悔しがっていた泰三と小春の顔を、時三郎は思い出していた。

「だ、旦那……私はもう店に帰りたくありません。主人が恐くて……私まで殺されるんじゃないかという気がしてきて……」

「そうだな。おい、五郎八」

時三郎が声をかけると、小上がりの外に立っていた五郎八が顔を出した。

「事件が片付くまで、番頭を預かってやれ。重要な証人だから、大切にするんだぜ」

「しょ、証人……！」

腰が引けそうな錦之助に、時三郎は苦笑して、

「そりゃそうだろう。殺しはともかく、抜け荷を見て見ぬふりしていたのも罪だ。もし、殺しの理由が抜け荷絡みなら、おまえもお白洲（しらす）で話して貰わなければな」

「えっ……」

「それとも口封じに、主人に殺されたいかい」

嘉右衛門が下手人だと決めつける時三郎の言い草に、錦之助は頷くしかなかった。

六

「へえ……たしかに、あの時はかなり苦しんでたようです。棟梁(とうりょう)には珍しく」

『西海屋』の倉を一年程かけて建て直したときのことを、泰三は思い出していた。

時三郎はその話を聞いて疑念を持った。

「それだけ難しい仕事だったってことかい」

「ええ。でも、十年くらい前に建てたのも実は、棟梁なんです。前の主人のときですがね。今の主人が古くなったから建て直しを依頼してきたんですが、でも倉は火事にでもならない限り、三十年や四十年持ちますからね。あっしもおかしいとは思ってたんです」

「おかしい……」

「何処も大して傷(いた)んでませんでしたからね」

「うむ……」

「それに大工ってのはね、大間様、大抵のことなら図面なんか要らないんですよ。サシガネ、チョウナ、墨壺……この三つさえあれば、長年の勘と技で何でも作っちまうんです。なのに、何度も何度も図面を引き直して、溜息ばかりついてました」

泰三が言うと、茶を運んできた小春もその頃の様子を覚えているという。蠟燭灯りの中で、夜遅くまで唸っていたらしい。

「穏やかなお父っつぁんなのに、苛々してたしね」

「ああ。俺も気になって手伝うと申し出たんだけど、『うるせえ。てめえにゃ関わりねえ』って凄い剣幕で……どう建て直すのかってのも、教えてくれなかったんでさ」

「それほど大事で隠しておきたい秘密でもあったってことかな」

何気なく言った時三郎の言葉に、泰三が引っ掛かったように小首を傾げた。

「隠しておきたい……そうか。もしかしたら、隠し倉かもしれない」

「隠し倉……？」

「へえ。武家屋敷や商家では、盗っ人が入っても大事なものが盗られないように、表向きは普通だけれど、カラクリ仕掛けなどを作って絶対に入れないようにしていますよね」

「ああ。俺たちは無縁だが、大名や大身の旗本ではな」

「長屋だって、火事になったときのために床下の地中に、壺に入れた金などを閉まっておきやすよね。それの大がかりなものです」

「なるほど。『西海屋』のような大店で、沢山の荷を扱うなら、ますます必要だな」

「へえ。ですから、建て直した倉はカラクリ仕掛けが大変で、それで棟梁は苦労していたのかもしれません。しかも、絶対に人には言ってはいけない秘密です。どこからか洩れたら、盗っ人があえて狙うかもしれませんからね。よほどの物が入っているのだろうと」

「うむ……」

「しかも、カラクリの仕組みがバレたら、隠し倉の意味がありやせんからね」

確信したように泰三は言うが、時三郎は疑問に思った。

「そんな難しいもの、ひとりでできるものなのか」

「やるしかないんです。今言ったとおり、大工職人は、どんなことがあっても秘密は守らなきゃならねえ。たとえ弟子や身内にでも洩らしてはならねえんです」

「なるほど……」

考えていた時三郎の目がキラリと光って、

「善は急げだ。ちょいと『西海屋』まで付き合ってくれ、泰三」

と小春が出した茶も飲まずに、飛び出していった。思わず泰三も追いかける。

なぜか『西海屋』の表は閉められており、いつもの出入りの商人の賑わいはなく、ひっそりとしていた。

時三郎は勝手口から入ろうとしたが、扉は閉まっていた。明らかに異変を感じたが、激しく叩いていると、嘉右衛門が自ら内側から心張り棒を外した。

「北町の大間だ……」

「ああ……この前の……」

「二日酔いは治ったかい」

「……御用はなんでございましょう」

「倉を見せて貰いたいのだがな。鉄砲洲にある弦太郎棟梁が作ったばかりの隠し倉だ」

「隠し倉……そんなものはありませんよ」

「そうじゃなかったら、それでいい。こいつは弦太郎の弟子の泰三だ」

紹介をしてから、時三郎は適当な作り話をした。

「この前、できたばかりの隠し倉のカラクリ仕掛けを、棟梁から教えて貰う予定だったのだが、急に自害したんだ。遺産代わりに、泰三に見せてやりたいと思ってな」

「……」

「じっくり仕掛けを学んで、次に『西海屋』が建て直すときに生かしたいとな」

時三郎の言い分を、嘉右衛門は信じていない様子で、

「棟梁がそんなことを言うはずがありません」

「どうしてだい」

「だって、それは……隠し倉なんかじゃないからです」

「だとしたら逆に、弟子に伝えないのはおかしいじゃないか。匠の技は、弟子に直伝（じきでん）するはずだからな」

「……」

「隠し倉じゃないなら、むしろじっくり見せて貰いたい。死んだ棟梁の技をな」

しぶとく詰め寄る時三郎に、嘉右衛門は仕方がないというふうに頷いた。

その足で、嘉右衛門の付き添いのもと鉄砲洲の倉まで、時三郎と泰三は赴（おもむ）いた。

件（くだん）の倉は周辺のに比べて新しいが、屋根の高さも壁の大きさなども特別に違っている建物ではなかった。

観音開きの外扉と、その内側に格子戸風の引き扉の二重になっている。これも、何処にでもある倉と同じである。

まだ新しい材木の匂いが立ちこめているものの、すでに運び込まれている荷物は山のように積まれていた。海産物から乾物、織物、陶器、漆器、薬剤、紙類から雑穀などが分別整頓されているようだった。

時三郎は荷物はもとより、天井や柱、梁などを射るように見ながら、

「で、どこが新しくなったのだ。まだ十年ほどしか経ってなかったらしいが」

「倉は見た目以上に傷んでいるものです。湿気とかも酷くなっていたようですしね」

「傷んでいたと判断したのは、棟梁かい。それとも……あんたかい」

「棟梁の意見です」

「へえ。まだまだ使えると聞いたが、素人目には分からぬものだな……で、前の倉とどこが違うんだい。それとも同じなのかい」

執拗に訊く時三郎に、嘉右衛門は面倒臭そうに、

「さあ……すべて棟梁に任せてましたから」

「任せた割には色々と喧嘩腰で揉めていたそうではないか。錦之助が言ってた

よ」

「そういえば……錦之助の姿が見当たりませんでしたが……」

「大番屋で預かってる。色々と抜け荷について、吟味方から調べられている」

「ぬ、抜け荷……！」

俄に不安な表情になった嘉右衛門を、時三郎はじっと睨みつけた。

「隠し倉があるはずだ。だから、泰三……よく調べてくれ」

「はい……」

泰三は手探りで、倉の中のあちこちを見て廻った。嘉右衛門はそれを横目で見ながら、少し苛ついた声で、

「先程も言いましたとおり、そのようなものは……」

と言いかけたが、時三郎は遮るように、

「棟梁が隠し倉を作るのは、大工として当たり前のことだ。だが、隠し倉を何のために使うか、棟梁は知らされていなかったんじゃないのかな」

「……」

「もし、抜け荷を隠すためだと分かってたら、曲がったことが嫌いな棟梁なら作らなかったはずだ……そうだろ、泰三。棟梁が作った隠し倉を見つけるのは、お

まえにしかできないんだ」

「へ、へえ……」

　泰三は緊張しながらも、目を凝らして懸命に見て廻っている。

「棟梁があんなに苦しんで造ったんだ。俺なんかに見破ることができるだろうか」

「難しいかもしれないが、頑張れ……棟梁はそのカラクリのために、殺されたかもしれないんだからな」

　時三郎の殺すという言葉に、嘉右衛門はピクリとなった。その表情を見逃さなかったが、時三郎も壁に触れながら、

「筒井さんは、広瀬様が抜け荷に関わっていると知ったがために殺された。そして、抜け荷を隠している倉を造った弦太郎が殺された……首吊りに見せかけられていたのだ」

「……」

「殺しではなく自害だと聞いて、驚かないのかい」

「あまりにも吃驚して……」

「声も出なかったのか……棟梁は隠し倉が抜け荷に使われると知ったがために、

殺されたかもしれないんだ。なあ、泰三。隠し倉には、抜け荷があるに違いない。そんなことに使われたら、棟梁は浮かばれないぞ」

時三郎の言い分を聞きながら、嘉右衛門は不愉快を通り越して怒りの顔になり、

「大間の旦那、いい加減にして下さい。もし、隠し倉なんぞなかったら、どう責任を取ってくれるのです。『西海屋』の威信に関わりますのでね。出る所に出ますよ」

「出る所……おまえの入る牢獄なら、いくらでも空いてるぞ」

「ふざけないで下さい……」

「町方が一斉に踏み込んできて調べてもいいのだが、これは泰三による棟梁の仇討ちだ。殺されたんだからなッ」

筒井のことも時三郎は悔しがっていると、むしろ泰三の方が焦ってきた。手掛かりが見つからないからだ。

そのときである。

倉の積み重なった荷物の裏手から、ひょっこりと文治が姿を現した。薄暗いからハッキリと見える。

「若……これじゃありやせんかね」

と手招きして、奥に消えた。時三郎がすぐに追いかけると、泰三もついてきた。気がかりな所があるのか、壁際の一角の柱に手を掛けた。丁度、文治が立っているが、泰三には見えない。

「あっ……これは！」

思わず泰三が声を上げると、文治は吃驚して飛び退(の)いた——ように時三郎には見えたが、すぐに泰三を振り返り、

「何か分かったのか」

「へえ。この柱は、倉を建てるのに何の支えにもなっていやせん。おそらく……」

真剣なまなざしで柱に触れる泰三は、奥の方に手を伸ばすと、腕だけ入る隙間(すきま)があるのを感じた。さらに手先を入れると、小さな出っ張りに触れた。

「こ、これだ……」

指先を掛けて出っ張りを引っ張ると、ギギイッと近くの土塀がずれて、地下への階段が見えた。その奥は暗くて見えないが、すぐさま泰三が、待ってましたとばかりに蠟燭を掲げて、暗い闇の奥に入っていった。

そこには、夥(おびただ)しい数の抜け荷があった。細工物、ギアマン、異国の数珠(じゅず)や十字架、羅紗(らしゃ)、宝石、毛皮、阿片(あへん)などが、それぞれ桐の箱に詰め込まれて保存されて

いた。

地下倉は通路を経て船着場に繋がっており、艀を使って沖合の船から運び込むこともできた。自前の廻船を使って諸国に売りにいき、また薩摩沖や肥前五島、隠岐の島、佐渡や松前などに出向いて、異国船から御禁制の品々を買っていたのだ。天保の世の日本近海には、清国や朝鮮は元より、欧米からの商船も出没していた。

「――やはりな……これだけ証拠が揃えば、もはや言い訳はできまい」

時三郎が睨みつけると、地下倉の階段の上にいた嘉右衛門は、

「仕方がありませんな。そもそも盗賊避けではありますが、こういうこともあろうかと、弦太郎棟梁にはこんな仕掛けも……」

と傍らの紐を引いた。

すると、階段がガラガラと崩れ落ち、同時に樽が幾つか転がり込んできて、中の液体がバッと床に流れ出た。どうやら油のようだ。まずいと思った泰三は、とっさに蠟燭の灯りを吹き消した。

だが、崩れた階段の上に立っている嘉右衛門は勝ち誇ったように、

「大間の旦那……父上同様、しぶとい探索は立派ですが、座興が過ぎたようです

な。あなたたちには、この倉ごと燃えて貰います。ご禁制の品々は勿体ないけれど、背に腹は代えられません。どうぞ、骨になって下さい」

　と言うと、今度は自分が手にしていた蠟燭を地下倉に投げ落とそうとした。

「往生際が悪いぞ、嘉右衛門」

　時三郎が叫んだが、ほくそ笑みながら嘉右衛門は言った。

「そっちこそ無駄な足掻きはおよしなさい。あの世で、筒井様と弦太郎に、どうぞ宜しくお伝え下さいませ」

　ニンマリ笑って蠟燭を投げようとしたとき、一陣の風が吹いて炎が消えた。同時に、ウワッと悲鳴があって、嘉右衛門が地下倉に落ちてきた。

　したたか背中や腰を打って呻く嘉右衛門を、時三郎と泰三が取り押さえ、上を見上げると、窓からの微かな明かりに浮かんだのは——なんと、真季だった。

「せ、先生……！」

　時三郎が声を発すると、真季は地下倉を覗き込んで、

「あなたのことが心配で、私も調べていたのです。ご無事でなにより」

　と微笑んだ。

　時三郎は安堵して座り込むのであった。

七

嘉右衛門が北町奉行所の吟味方与力の詮議を経て、お白洲に引きずり出されたのは、その翌日のことだった。

川船奉行が関わる事件だということで、他の事案よりも優先されたのである。その場にいるのは、嘉右衛門ひとりであり、抜け荷に関わった疑いのある広瀬龍一郎の姿はなく、番頭の錦之助もいなかった。

壇上に現れた遠山左衛門尉が険しい面持ちで、

「船番所同心・筒井拓磨並びに大工棟梁・弦太郎殺しにつき吟味致す」

と言ったとき、嘉右衛門の顔色は青ざめた。抜け荷のことならば何とでも言い訳できると思っていたが、〝殺し〟という言葉に怯んでしまったのだ。

「さて、嘉右衛門。定町廻り同心や吟味方与力の取り調べでは、抜け荷をしていたこと明白であるが、さよう相違ないか」

遠山が重々しい声で訊いた。もはや言い訳はできまいと思っていたが、

「まったく身に覚えのないことです」

と嘉右衛門は惚けた。

前日、時三郎は、泰三に隠し倉を見つけさせ、その地下に、夥しい数の抜け荷があることを摑んだ。すぐに町方役人が乗り込んで、抜け荷をすべて押収しているにも拘わらずだ。

地下倉は、盗っ人が入った場合、中に閉じこめておくカラクリがあり、嘉右衛門は時三郎たちを罠にかけて焼き殺そうとした。が、思いがけず真季の援護があって、時三郎たちは救われた。そのことは、嘉右衛門は百も承知だが、遠山は事実を確認するために、あえて話し、

「さよう相違ないな」

「いいえ、それは違います、お奉行様……」

嘉右衛門はこの期に及んで、懸命に言い訳をしようとした。

「たしかに、あそこには地下倉がありますが、抜け荷のことは一切、知りません」

「では、誰かが隠したとでもいうのか」

「そうだと思います。やった者がいるとすれば……番頭の錦之助かと存じます」

「錦之助、な……」

「はい。あの者は先代から仕えている番頭ですが、調べて貰えば分かります。元々はならず者同然の輩で、今でも色々な奴と繋がりがあります」

「たとえば誰だ」

「弁蔵という遊び人がいて、錦之助が取り立て屋として雇っております」

「その番頭が、遊び人を使って抜け荷をしていたとでもいうのか。諸国の沖合に現れる異国船を相手に……それを主人のおまえは知らぬことだったと」

「はい。まったく」

　嘉右衛門はしかと頷いて、遠山を見上げた。

「たしかに、弦太郎棟梁に頼んで、倉を建て直して貰ったのは私です。隠し倉を盗っ人避けとして造って貰ったのも私です。けれど、抜け荷に使うとは、錦之助はしたたかな奴です。驚きました」

「だが、その地下倉ごと火事にして、大間らを殺そうとしたのを、錬武館の道場主も証言しておるがな」

「それは言うでしょ。みんながみんな、グルなんですから。抜け荷をでっちあげ、私を悪者にしようとしているのですから。それもこれも錦之助のせいです」

　すっかりバレているにも拘わらず、白を切り通す悪人はいつの世もいる。嘉右衛門は、自分は抜け荷の咎人に仕立て上げられた被害者だと言い張った。地下倉にあった御禁制の品々も自分は何も知らないところで、錦之助がやっていたことだと断言した。

「だが、川船奉行の広瀬は、おまえと結託してやっていたと認めたぞ」

遠山が睨みつけたが、それでも嘉右衛門は薄笑いを浮かべ、

「お奉行様……言っては失礼ですが、そもそも川船奉行如きに抜け荷ができましょうか。抜け荷を押収したのなら分かるはずではございませぬか。唐・天竺・南蛮渡りのものがどうして集められましょう」

「よく知っているではないか」

「私も昨日、見て、吃驚仰天したのでございます」

「では、誰なら集められるのかな。『西海屋』の船が諸国に出廻っているのは承知しておる。おまえの言い草を借りれば、番頭如きが抜け荷を扱えるかな。主人に隠れて」

「だからこそ、私も驚いているのです」

嘉右衛門は自分に疑いがかかっていても、確固たる証拠はないと踏んでいるようだ。遠山はゆさぶりをかけた。

「おまえが言うとおり、たしかに川船奉行如きに抜け荷ができるわけがない。おまえの背後にはもっと大きな力があるということだ。『西海屋』の船が異国船と交わるのを暗黙の了解をしている御仁がな」

「……」

「であろう。番頭の錦之助が見て見ぬふりをしているのとは、話の大きさが違う」

「私にはサッパリ分かりません」

「だが、広瀬は抜け荷の迂回をするために、おまえに金で頼まれてやったことだと認めた。その上で、老中、堀部能登守に命じられて切腹した」

「切腹……」

さすがに嘉右衛門は驚いたようだが、遠山は表情を変えずに、

「錦之助は遠島が決まっておる。抜け荷を見過ごしただけでも罪だからだ。よって、抜け荷のことを知っているのは……おまえだけだ。広瀬も筒井も、弦太郎もいなくなったのだからな」

「……」

「老中能登守と話し合った結果、『西海屋』は闕所と決まった。つまり今後、商

売はできなくなり、財産はすべて御公儀が没収する。それが広瀬に切腹を命じた堀部能登守の始末の仕方だと心得よ」

「そ……そんな馬鹿な……」

俄に嘉右衛門は本性を現したように、凶悪な顔つきになった。

「堀部様がさようなことを言うわけがない」

「何故だ。まるで堀部能登守のことを知っているかのような口振りだが」

「そうですよ。こうなれば一切合切、打ち明けますがね、私に抜け荷を命じていたのは堀部様でございますよ。公儀御用達商人の看板をちらつかされてね」

「さような出鱈目を言うでない」

歯牙にもかけぬように遠山が言うと、嘉右衛門は意地になって体を前のめりにして、

「本当のことでございます。堀部様の国元は守名乗りどおり能登にあります。そこは蝦夷から佐渡、越前や京と繋ぐ海の道でもあります。抜け荷にはもってこいのところで、うちの廻船も立ち寄ってますので、それが縁で命じられたのでございます」

と必死に訴えた。だが、遠山は呆れ果てた口調になって、

「さてもさても……言うに事欠いて、老中様に罪を負わせようとするとは、長年、お白洲を担ってきたが初めてのことだ」

「嘘ではありません」

「そこまで出鱈目を言って無実を訴えるのは座興にしても許し難い。堀部能登守の名誉にも関わることゆえな」

と言いつつも、遠山は堀部の名を嘉右衛門から引き出すのが狙いだった。そして、わざとぞんざいに振る舞った。

「白を切るなら、好きにするがよい。『西海屋』の闕所も取り消すよう、他の幕閣とも相談して計らってやろう」

「えっ……本当に私は堀部様に……」

「ならば言うておくが、堀部能登守が広瀬を切腹させたのは口封じのためであろう。あとは、おまえだけだから、何処で狙われても知らぬぞ。さあ、立ち去るがよい……これにて、一件落着」

突き放すように言って、遠山は壇上から奥に立ち去ってしまった。

北町奉行所から開放された嘉右衛門は、不安げに辺りを見廻しながら、店に向かった。堀部の手下が襲ってくるのではないかと、急に恐くなってきたのだ。

店の表戸は閉められた上に、すでに竹でバツ字のように打たれている。闕所を意味するもので、もはや嘉右衛門の居場所はなかった。

「なんだ、これは……悪夢でも見ているのか……」

愕然となった嘉右衛門は悔しげに表戸を叩いてから、あてもなく歩き出した。

その後ろから、文治がゆっくりとついてくる。もちろん嘉右衛門には見えないが、何か違和感があるのか、時々、振り返っていた。ぶらぶらと半刻ほどうろついて、いつしか立っていたのは永代橋の上だった。

——はあ……。

深い溜息をついた嘉右衛門は、江戸湾の沖合にある何十隻もある船を眺めていた。

「もういい……捕まれば死罪……無一文の身の上になったからには、もはや生きていく望みもない。女房も持たず、奉公人たちの暮らしのために、精一杯、頑張ってきたつもりだが、とどのつまりは老中に利用されたってことだ……本当に悪い奴は、自分の手を汚さないのだな」

ぶつぶつと唱えるように言ってから、嘉右衛門が欄干によじ上ろうと足をかけたときである。海風が強く吹いてきた。煽られるように、嘉右衛門は橋の上に落ちた。

その顔を文治が覗き込むように見て、

「何処までも悪運が強い奴だな。しかし、救われた命だ。反省をすればいくらでも使い道は残されていると思うがな」

と声をかけた。もちろん嘉右衛門には聞こえる由もない。

そこへ、橋番とともに、時三郎が駆けつけてきた。

「おい。危ない真似はやめろッ」

嘉右衛門は慌てて、また欄干によじ上ろうとしたが、時三郎は羽交い締めにして、

「おまえが死んだら、それこそ堀部能登守様の思い通りではないのか」

「……」

「老中の悪事を暴くことができるのは、おまえだけだ。遠山様は、おまえの言葉を元に、堀部様を追及するだろう」

「だったら、私にそう言えば……」

「遠山様もずるい御仁でな、きっとおまえが堀部様に救いを求めにいく。だから、ふたりの繋がりの確たる証を見届けたかったのだ。さあ、今からでも遅くない。

幕府の偉い人がやらかしたことを、公にしようではないか」

　時三郎が懸命に言うと、嘉右衛門は座り込んで情けない声になって、

「だ、旦那は……命を狙った私を許すというのですか……でも、ここで死なせてくれれば楽になれるのです」

「その勇気があるなら、本当のことを丁寧に証言することだ」

「……」

「そのためなら、俺はいくらでも手を貸す。筒井さんや棟梁の無念も晴らしたいのだ」

　切実に訴える時三郎が、嘉右衛門は〝地獄に仏〟のように思えてきた。何度も正直に話すと頷いて答える嘉右衛門の心のどこかに、

　――どうせ処刑される、せめてすべてを明らかにして、正直な気持ちで死にたい。

　という思いが芽生えるのであった。

　時三郎は必ずや堀部能登守のことも、以前の廻船問屋に纏わる不正とともに詳らかになると思うのであった。

第三話　花の仇討ち

一

綾瀬川沿いにある堀切村は、江戸を荒らしていた〝竜神の鬼十郎〟という盗賊一味が逃げて来たと騒然となっていた。

何処に隠れているかは分からないが、近場には武家屋敷や八幡社など、町方が踏み込めない所もある。すでに、荒川から船で逃げたかもしれないという見方もあった。

堀切村には荒川水系の地下水が湧き出ており、その水を利用して『伊丹屋』という造り酒屋があった。酒造りといえば、灘五郷が有名だが、そのうちの伊丹にあやかった屋号である。

『伊丹屋』に、二足草鞋の十手持ち〝神楽の寅吉〟が来たのは、江戸名所百景に描かれている花菖蒲が美しい時節だった。小雨が煙る中、寅というよりも熊という風貌と体軀の岡っ引である。

「お花……もう噂に聞いていると思うが、〝竜神の鬼十郎〟がこの辺りに潜んでいるらしい。害が及んじゃいけねえから、俺が住み込みで守ってやるぜ」

寅吉はいかにも恩着せがましく、『伊丹屋』の女主人・お花に言った。

妖艶な風貌の未亡人ゆえ、寅吉は日頃から、何かにつけて迫っていたのである。お花は三十半ばで、十三という難しい年頃の息子がひとりいる。亭主が事故で三年前に亡くなってから、番頭の茂兵衛の後押しがあって、なんとか造り酒屋を維持しているものの、湧き水が減ってきたこともあって、店は厳しい状況になっている。

「住み込みだなんて、とんでもございません。親分さんには、大勢の人を助ける使命がありましょうから、うちだけを守るなんて恐れ多いことです」

慇懃に断るお花の手を、寅吉は嫌らしい目つきで、さりげなく握りながら、

「まあ、そう言うなよ。御用のためなんだからよ。〝竜神の鬼十郎〟ってなあ、女子供であろうと容赦しねえ極悪人だ。もしものことがあったら、俺は死んでも死にきれねえ」

「死んでも死にきれないって……」

「お花に何かあったら、亡くなった亭主に申し訳ねえってことだよ。清吉には、何かと世話になったからよ」

亭主の清吉のことまで持ち出して、半ば無理矢理、近づこうとする寅吉の脂ぎった顔つきが、お花はどうしても好きになれなかった。盗賊に気をつけろと助言しながらも、寅吉には別の狙いがあるのが見え見えだった。

造り酒屋は誰もが営めるわけではない。酒造株を取得した者だけに、酒造りが認められていた。酒造りの〝営業権〟は厳しく制限され、酒造鑑札が交付された業者にしかできないものだ。

その鑑札には、株高という原料となる米の量が記載されており、それ以上の酒を造ることはできない。さほど醸造量の制限が厳しいのは、米という貴重品を扱うからだ。よって、業者には信用が第一なので、酒株は代々引き継がれて営まれていた。

『伊丹屋』の場合は、株高三十石であったが、実際は百五十石も認められていた。それほど売れるから、幕府からも増産は大目に見られていたが、運上金や冥加金は、表向きの株高にのみ課されていた。そういう事情があるので、

「女将は色仕掛けで勘定所の役人をたらしこんでいるのではないか」

などと妙な噂もあった。しかし、まったく根も葉もないことで、亡き亭主が主人だった頃からの慣習である。それほど清吉が遣り手だったという証拠だ。

つまりは税は安くして貰って、儲けは多いという『伊丹屋』を、寅吉は密かに狙っていたのだ。年増ではあるが色艶が衰えないお花を口説いて、婿入りするつもりだ。お花の方も何となく勘づいていたから、これまでも関わりはできるだけ避けていた。

「倅もまだ子供だし、女所帯ての は物騒だ。凶悪な盗賊が出没するなら尚更だ。遠慮することはねえよ、お花」

と寅吉は強引に居座ろうとするが、お花はやはり遠慮がちに、

「亭主には死なれましたが、私は『伊丹屋』清吉の女房です。もう誰とも一緒になるつもりはありませんし、番頭の茂兵衛共々、しっかりと店を守っていきますので」

「だがよ、主人がいないとなれば、酒造株だって返納しなきゃなるめえ」

「それなら、息子の幸助が跡を継いでくれますので。あと二年で十五です。そしたら、名義も替えられます」

「しかしよ……」

「問屋組合にも話はついておりますので、ご心配はいりません」

「そうかい。なら、いいだけどよ……おまえさんだって未亡人だ。まだまだ若いんだから、独り寝は寂しかろうぜ」

寅吉は嫌らしい目つきになって、半ば無理矢理、お花の体に触れようとした。そのとき、小皿が飛んできて、寅吉の顔面を掠めた。

土間の方に幸助が立っており、険しい目で睨みつけている。背丈は母親より随分と高いが、まだ痩せた子供らしい体つきで、寅吉と比べると小柄であった。

「危ないじゃねえか。何をしやがる」

顰め面になって寅吉が言うと、幸助は近づいてきながら、

「てめえの顔を見てると虫酸が走るんだ。とっとと帰りやがれ」

と乱暴な口調で言った。手には大工仕事に使う鑿を持っている。それを見た途端、寅吉もカッとなる気質なのか、

「上等だ。やれるものならやってみな。てめえは獄門台。母親も罪を背負って、この店も闕所だ。その年になりゃ、何をしてるか分かってやってるんだろうな」

と十手を握って向き直った。

すぐに、お花が止めに入って切実に訴えた。

「親分さん。申し訳ありません。私が至らないせいで、こんな子に……」

「そのようだな。父親がいねえから、目上に対する物言いすらできてねえ。こんなんじゃ、ろくな人間にならねえぞ」

「はい。ちゃんと言って聞かせますので、今日のところは……」

お花は帳場に行って、朱銀を手にしようとしたが、

「よせ、おふくろ。こいつは人の弱味につけこんで金をせびる奴だ」

と幸助は言った。そして、寅吉に向かって、

「二足の草鞋ってのは、悪いことをして知らんぷりすることかい。便利な十手なんだな」

「なんだと、もう一度、言ってみろ」

「ああ、何度でも言ってやらあ。やくざ者が御用を預かる世の中がおかしいんだよ。悔しかったら、俺の親父やおふくろみたいに、まっとうに働いてみやがれ」

「てめえ、いい気になりやがってッ」

寅吉は我慢できないとばかりに、幸助の胸ぐらを摑んで、十手で顔面を打ちつけようとした。もろに食らえば、頰骨が砕けるであろう。そのときである。寅吉

の太い腕がゴキッと音がして捻じ上げられた。

「あッ。いててて……！」

肘を決めているのは——飯篠真季であった。『錬武館』の女道場主である。白い稽古着に紺袴姿で、化粧っ気はまったくないが、美貌と若さゆえ輝いて見える。

後ろには、大間徳三郎……通称・時三郎が立っていた。

「相変わらず酷いことをしてるな、寅吉」

時三郎が声をかけると、

「だ、誰でえ……」

と寅吉の方は痛みに耐えながら、首を傾げた。

「覚えてないか、見習いの頃、一度だけおまえを尋問したことがある。北町奉行所定町廻り同心の大間だ」

「覚えてねえな」

「言われる前に言っておくが、大間栄太郎の息子だ、先頃、遠山奉行直々に任命されて、改めて、おまえのことを調べていた。まだ女を誑かしてるそうだな」

「し、知るけえ……放しやがれ」

真季が突き飛ばすと、寅吉は床に転がって、したたか頭を打った。這い上がろ

うとしたとき、真季の顔を見て、

――アッ。

と気まずそうに顔を伏せた。

「真季先生。こいつですか、江戸四宿や関八州から人攫い同然に若い女を連れてきて、江戸の岡場所で働かせてるのは」

「そうです」

断言する真季によって、寅吉は痛い目に遭ったことがあるのであろう、俄にソワソワし始めた。

「性懲りもない人ですね。いつぞやは、うちの道場に逃げ込んできた娘さんを、誰もいないのをよいことに手籠めにしようとした。あのとき、動けない体にしておくのでした」

「女だてらに気性が荒いな。嫁の貰い手がねえぞ」

「そういう物言いが女を見下している証です。馬鹿にするだけならまだ許せますが、手籠めや人攫いは凶悪な罪です」

鋭い目で真季が睨みつけても、相手が女だと思ってか、

「道場主か何か知らねえが、あまりいい気になってると、てめえこそ岡場所に売

られることになるぜ。いや、なかなかの上物だから、吉原でも売れっ子になるに違えねえ」

と言った途端、バシッと真季は寅吉の頬に平手をかました。

「何しやがる。これでも十手を預かってんだ。ただじゃ済まさねえぞ」

ヤクザの地金が丸出しになったとき、時三郎がズイと出て、

「十手を捨ててヤクザ者に戻るか、ヤクザをやめて御用聞きになるか、ハッキリとさせた方がよいのではないか」

「うるせえ……」

「おまえに御用札を預けているのは、南町奉行所の神山将之助だったよな」

「そうだ。神山様に比べれば、あんたなんか三下に過ぎねえぜ」

「寅吉……おまえの行いで、神山さんの名に傷がつくどころか、罷免になってもよいというのか。さあ、俺が御用札を返しておいてやるから、寄越せ。十手もな」

「冗談じゃねえや。あんたにそんなことを言われる筋合いはねえ。そもそも二足の草鞋を履けって勧めたのは、神山様だがね」

「なんだと……出鱈目を言うと牢送りになるぞ」

「できるならやってみな、若造。たしかに大間の旦那は立派だったが、いわば

石部金吉(いしべきんきち)。人間らしさに欠ける四角四面なつまらねえ同心だ。世の中は善悪に分けられねえ。誰だって良いこともすりゃ悪いこともやる。神山様はそこんところを、よく知ってるからこそ、信頼できるんだよ」

「屁理屈はいいから、御用札を返せ」

「やなこった」

寅吉は一瞬の隙(すき)をついて、裏手から飛び出していった。

「おい、待て。寅吉！」

時三郎は追いかけようとしたが、真季が止めて、

「あいつの居所なら知ってます。この件については私も我慢ならないので、キッチリ始末をつけたいと思います」

と言った。何か含むところはあるのであろうが、時三郎は女だてらに危ない真似はやめろと助言した。だが、

「おや。あなたも女だからって、小馬鹿にするのですか」

「いや、そんなつもりは毛頭……」

慌てて首を横に振る時三郎を、真季は溜息(ためいき)交じりに睨んでから、寅吉を追いかけた。

二

南町奉行所は数寄屋橋門内にある。北町のある呉服橋から、さほど離れているわけではないし、同じ八丁堀から通っているが、与力や同心は妙に反目し合っている。不思議なことに人事の交流はほとんどない。

しかも、南町奉行の鳥居耀蔵と北町奉行の遠山左衛門尉は、敵対しているわけではないが、若い頃から不仲であった。幕府の学問所学頭・林家の出である生真面目な鳥居と、旗本でありながら芝居小屋暮らしをするなど、浮世離れした遊び人だった遠山の気質の違いであろうか。

時三郎が訪ねてきたとき、南町定町廻り同心の神山将之助はすでに寅吉から話を聞いていたのか、端から不愉快な態度だった。

「見習いを終えたばかりの半人前に、御用札を返せだのなんだのと余計なお節介だ」

「今日はその話ではありません」

「こっちは忙しいんだ。ぶらぶらしてるおまえとは違うんでな。親父の七光りとやらを笠に着て、筆頭同心の黒瀬(くろせ)も苦労してるって話してたぜ」

「そうですか。その黒瀬様の命令で、ここに来ました」

「まるで喧嘩腰だな」

「やくざ者に十手を預ける神山様を相手に、そんな恐いこと致しません」

「てめえッ……」

神山は眉間(みけん)の血管が浮かぶくらいの顰(しか)め面(つら)で睨んだ。たしかに、寅吉なんぞよりも凶悪な面構えだと、時三郎は思った。

「向島の水神様辺りから、隅田村、堀切村あたりの百姓地や町屋などを開拓して、綾瀬川沿いに新しい色街を造ることが画策されていることを、ご存知でしょ」

「——知らぬ」

「そんなはずはありません。小普請組(こぶしんぐみ)支配の旗本、長崎采女(うねめ)様の別邸が堀切村にあり、自ら率先して周辺の人々に土地を明け渡すようにと、説得して廻ってます。長崎様と神山様は同じ学問所で学んだ竹馬の友だとか」

「それがなんだ」

「旗本と御家人の垣根を越えて、肝胆相照(かんたんあいて)らす仲だそうですね。しかも、長崎様は、ご老中の堀部能登守とは親戚にあたり、忠実な僕(しもべ)のように働いている。だから小普請組と言いながらも、支配という組頭を束ねる役職に就いていられる」

「……」

「小普請組支配ともなれば、色んな材木問屋や普請請負問屋から賄賂も入って来るだろうし、町をひとつ造るほどの事業を起こせば、益々、実入りがよくなるでしょう。その実入りの中から、堀部様に上納されるのでしょうがね」

時三郎は若同心らしからぬ言い草で、神山を責め立てるように言った。

実は——すぐ近くに文治がいて、喋っていることをなぞっているだけなのだが、もちろん神山には分かりようもない。

「堀部様は、近頃続いた廻船問屋連中の不正にも名前がチラチラと出ていましたが、結局、商人や下っ端役人だけが罪を背負わされて、当人は知らぬ顔で、夜毎、美酒を味わっているようですぞ」

「何の話だ。俺は老中なんぞという雲の上の人とは会ったこともない」

神山は突き放すように言ったが、時三郎はしつこい口振りで、

「嘘ばっかり。昨夜も、長崎様と一緒に、山下門内にある堀部様のお屋敷に出向いていたではありませんか。そこで、隅田村や堀切村の土地をどのくらい買い占めたか、頭を突きあわせて話していましたよね」

「!?――どうして、それを……」

と言いかけたようだが、神山は唇を真一文字に結んで、何も語らなかった。

武家の拝領地であっても〝所有権〟はなく、幕府から無償で借りているに過ぎない。それを利用して地代などを取って、町人らに貸すのは自由であった。

大名や旗本が拝領地を得るためには、幕府に願い出て許しを得なければならない。その手続きをするのが、普請奉行所だった。普請奉行は芙蓉の間詰めという大身の旗本職であり、公儀の土木事業から土地割り、拝領地の一切の管轄を担っていた。地味な役職だが、いわば土地に纏わる公共事業の鍵を握っていた。作事奉行、小普請奉行とあわせ下三奉行と言われたが、その権限は大きかった。

「その普請奉行や小普請奉行の頭を越えて、長崎采女様が、なんと町方同心を連れて、ご老中に面談するとは……神山様もいずれ御家人から旗本になる夢でも描いているのですかな」

「黙れ、若造……」

「はい。間違いなく若造です。岡っ引ふぜいの寅吉にもそう呼ばれました。何と呼ばれようと構いません。それより、昨夜の話によると、場合によっては、堀切村一帯を火事で焼け野原にしてでも手に入れたいとか」

「それは、どうしてですか。色里を造って、吉原並みの繁華な所にしたい……って話していたはずですがね」

「……」

時三郎は神山の顔をさらに覗き込んで、

「正直に遠山様に話して、そんな画策は潰した方が、神山様のためになると思いますがね……遠山様は老中首座の水野忠邦様のお気に入りです。南町奉行の鳥居様でも逆らえないと思いますよ」

「何の話をしておるのだ……」

「長崎様の手下に甘んじるよりも、堀部能登守様の陰謀をバラした方が、神山様も出世すると思いますがねえ」

一介の町方同心で、しかも見習いから上がったばかりの若造が、どうしてそのことを知っているのか、神山は不思議そうだった。堀部の屋敷でのことも承知しているとこに、驚いている様子だ。

「——知らぬ……俺は何も知らぬ」

「でも、ゆうべは……」

「知らぬ。堀部様の屋敷なんぞ、行ってもおらぬッ」

「しかし、見た者がおりますよ。しかも、奥の間にまで通されて、三人で鯛の尾頭付きを食べながら酒を酌み交わしていた」

「えっ……おまえは一体……」

「言ったでしょ。黒瀬様に命じられてきました。黒瀬様は遠山様から……しかも、私はね、なんでも見えるんです。親父には守られているし、文治は背後霊のように付いてますからね」

「文治……死んだ岡っ引の……」

神山は気味悪そうに後退りしながら離れると、そのまま走り去った。

「おい、文治」

時三郎が声をかけると、すぐ側の薄暗い塀の陰に姿を現して、

「何処へ行くか、追いかけてくれ」

「言われなくてもそうしますがね……いつも話しているとおり、あっしもそれなりに年取ってて、幽霊とはいえ疲れるんだから、あまり酷使しないで下さい」

「おまえが生きてりゃ、ゆうべの堀内能登守の屋敷での話を、そのまんま評定所で証言して貰えるのだがな」

「生身の人間なら、そんな大それた所に入れませんよ。そう焦らず、じっくり構

えて追い込んで下さい。またぞろ堀部能登守が関わっているなら、一筋縄ではいかないでしょうし」

文治は諭すように言って、ふらふらと神山の後を尾けるのであった。

長崎采女の堀切村にある別邸は、異様なほど塀が高く、見張り役の数も多かった。もっとも家臣ではなく、食い詰め浪人を集めているに過ぎなかった。

神山は見張り役らからは、よく顔を知られているのであろう。町方同心ではあるものの、下に置かぬ態度で門内に招き入れた。

奥座敷には、何処から連れてきたのか数人の若い娘がおり、まるで酌婦のように長崎采女に酒を振る舞っていた。しかも、いずれも阿片でもやっているのかと思うほど、乱れた格好で、長崎にしなだれかかっていた。

女たちに相好を崩している長崎は、無駄なほど肥っており、酒を飲みながらも常に食い物を口に運んでいた。クチャクチャと下品な音を立てるのを、女たちは嫌がりもせず、まるで母親のように穏やかな目で眺めている。

その光景を目にしたとき、さすがに神山ですら座敷に入るのをためらったほどだった。

「なにをぼうっと見ているのだ。おまえも好きな女をはべらせて、好きなだけ楽しめ。今宵は離れに泊まって、昇天の限りを尽くせばよかろう」

「え……あ、はい……」

神山は意識が半ば朦朧としている女たちを見て、俄に不安になった。その表情を見て取った長崎は微笑を浮かべて、

「大丈夫だ。こいつらは何も喋りゃしない。いずれ郭の女にする奴らだ」

「そうではなく、その……みな、目つきが変ですが……」

「阿片だよ。川船奉行や『西海屋』が集めたものだ。案ずるな。すべて堀部能登守様が譲ってくれたものだ」

「……」

「おまえも昨夜は、あれだけ飲んでながら、今日はまだ二日酔いか。顔色が冴えぬぞ」

「いや、それが……」

南町奉行所まで訪ねて来た時三郎が、あれこれ話したことを伝えて、神山は憂いを含んだ声で言った。

「なんといっても、奴はかの大間栄太郎の息子です。北町にこの人ありと言われ、

遠山奉行が一目も二目も置いた……」

「下らぬ。死んだ人間のことなど、どうでもよい」

「ですが、昨日の堀部様のお屋敷でのことを、あまりにも知りすぎてます。もしかしたら、遠山奉行は密偵を放っているのかもしれません。そして、時三郎も……でないと、あの若さで、しかも大したことのない腕なのに、定町廻りに抜擢されたのが不思議です」

神山は背中に冷たいものが走ったような気がして、後ろを振り返った。

そこには、文治が座っているのだが、もちろん、ふたりには見えない。文治は神妙な顔で、長崎と神山のやりとりを窺っていた。

「なんだ、神山……南町で一番の腕利きのはずが、お化けでも見たような面をして」

「なんだか、誰かに覗かれているような気がします」

「警固役はごっそりおるがな」

「そういや、岡っ引の文治ってのは、かなりの遣り手だったけれど、呆気なく死んでしまった。事件探索の途中だったらしいから、十手持ちなら本望だろうが、なんとなく時三郎に乗り移ってるような気もしやした」

「馬鹿馬鹿しい……」

　長崎は抱きついてくる女の口を吸ったり、乳房を揉んだりしながら、

「とにかく今宵は楽しめ。行く行くは、この辺りの者たちを立ち退かせて、堀部様の御料地にする。その上で、遊郭にするのだ。しかも、吉原のように公許にすれば、もう誰にも手出しができぬ」

「……」

「そうなったら、俺はもう役人なんぞ御免だ。遊郭の元締めとして、金と女に埋もれて浮き世を楽しむまでよ。おまえもそうせい」

「あ、はい……」

「そのための下地作りだ。最も邪魔なのは、あの……『伊丹屋』だ。女ひとりくらい、なんとでもできるだろうが。早いところ、始末をつけぬか」

「はい。寅吉に任せているのですが……」

「二足の草鞋か……役に立たぬなら、女将のお花を殺して、寅吉のせいにして片付けてしまえ。その方がスッキリするぞ」

「……」

「おまえと俺の仲ではないか、神山。昔のように肩を組んで悪さをして、堀部様

に大きな恩を売ろうじゃないか、なあ」

欲望に満ちた長崎の醜い面構えを、文治はすぐ側で見ながら、十手で殴りつけることもできないことに苛ついてきた。

こういう輩は御定法に照らし合わせて裁くのではなく、闇に葬ってもよいのではないか。その方が世のため人のためになるのではないかと、文治は真剣に思っていた。

三

その夜——〝竜神の鬼十郎〟が江戸ではなく、千住宿に現れ、問屋場や茶店、飛脚問屋などを荒らして逃げたという報が、五郎八によって時三郎のもとに届けられた。

堀切村辺りは、いわば江戸と千住宿の間にあるとも言えるので、お上の目から逃れるため潜んでいるかもしれぬ。

時三郎はすぐに、『伊丹屋』に向かった。混乱に乗じて、寅吉がお花母子に対して何か酷いことをするのではないかと感じたからだ。案の定、『伊丹屋』の近くには、寅吉と浪人者が三人ばかりおり、店の様子を窺っていた。

「ごめんよ。お花さん、いるかい」

わざと大きな声で、時三郎は寅吉に気づかれるように声をかけた。

出てきたのはお花ではなく、息子の幸助の方だった。寅吉に楯突いたときの顔ではなく、十三の子供らしい素直な表情だった。

「大間の旦那……また来てくれたんですか。ありがとうございます」

「いや、なに、〝竜神の鬼十郎〟のことを聞いてな」

「うちには来ておりません。あれは、寅吉親分が、おふくろに近づくための方便で、うちは襲われるような金持ちじゃありません」

たしかに造り酒屋とはいっても、大店のように莫大な利鞘で富を得ているのとは違う。職人たちが手間暇かける大変な仕事に報いるため、お花はギリギリでやりくりをしているのだ。

「お花さんは……」

「取引先の酒問屋などに、番頭の茂兵衛さんと一緒に廻ってます」

「そうか、こんな遅くまで大変だな。近くには寅吉とその手下がうろついているから、何かあってはならない。俺がここにいるよ」

「だったら、いっそのことずっといてくれませんか」

「えっ……」

唐突な幸助の言い草に、時三郎は戸惑った。が、幸助には町方同心が頼もしく見えたのであろう。乱暴狼藉を働く寅吉のような輩を、やっつけて欲しいという願いがあるようだ。

「おふくろは女手ひとつで、俺を育ててくれてる。自分で言うのもなんだけど、けっこういい人だから、誰かともう一度、一緒になってもいいと思うんだけど、親父に惚れ尽くして夫婦になったから、他の人は考えられないってんだ」

「それは立派な心がけだな」

「けど、あの寅吉はしつこいったらありゃしない。これ以上、何かしやがったら、俺が殺してしまいそうだ」

「物騒なことを言うんじゃない。そんなことをしたら……」

「分かってる。でも、ずっとこのままだと、おふくろが可哀想だし、この店だってどうなるか分からない」

十三の少年だが、いずれは店を継ぐ身だから母親のことも心配しているのであろう。

そこに、お花が帰ってきたのだが、時三郎が来ていることに、あまりいい顔はしなかった。ハッキリと言葉にしたわけではないが、侍が好きではないらしい。

そのことを幸助は知っていたが、

「おふくろ……〝竜神の鬼十郎〟がこの辺りに逃げたらしいから、大間さんが報せに来てくれたんだ。今日は泊まって貰おうよ」

「そんな迷惑をかけちゃいけません」

「だって、表には寅吉たちもいるぜ。何されるか分からないよ」

「でも……」

「あいつら口で言っても分からないし、このまんまじゃ、殺されちまうよ」

「いくらなんでも、そこまではしないでしょう。仮にも十手持ちだから」

と言いながらも、お花は不安げな顔で、時三郎をチラリと見た。寅吉のことよりも、町方同心のことを気にしているようだった。

お花が表戸を閉めようとしたとき、寅吉が押し入るように入ってきた。とっさに時三郎が立ちはだかったが、寅吉は構わずドンと押しやって、お花に近づいた。

「お花。今日こそは話をつけるぜ」

「もう何度も、お断りしたはずですがね」

気丈に言い返すお花に、寅吉はニンマリと笑って、

「残念だが、艶（つや）っぽい話じゃねえ……この造り酒屋は立ち退（の）いて貰うことになった」

「えっ……」

「御公儀からの命令だ。このとおり、小普請組支配の長崎采女様から下達状だ。南町の神山様から預かってきた」

寅吉が胸に押しつけると、お花はそれを呼んで愕然（がくぜん）となった。

「まさか、そんな……」

「おまえも知ってのとおり、堀切村には長崎様の屋敷や領地もある。この店だって元々は、村の田畑だったところを、庄屋が町場に替えて、おまえの亭主が借りてただけだ。川の湧き水を引きやすいからってな」

「……」

「だが、御公儀の都合で取り上げることになった」

お花は睨みつけたが、寅吉はその肩を抑えながら、優しい声で言った。

「そんな怖い顔をしないで、まあ聞けよ……造り酒屋は他の所に移してやるよ。湧き水だって樋（とい）を造れば今までどおり使うことができる。この話は俺が長崎様

直々につけてきてやったんだ。有り難いだろう?」

「ここでなければ駄目なんです。水を引けばいいと簡単に言いますが、酒造りに使える水というのは……」

「だから、そうシャカリキになるなって」

寅吉は、幸助の顔を見やって、

「もう承知していると思うが、ここら一帯は新しい遊郭ができる。船着場が近くて、江戸からの地の利もいい。そしたら、この店の酒もさらに売れるってもんだ」

「……」

「それだけじゃねえ。堀切村の者たちは、遊郭で働くことができるんだ。どうせ米はろくに穫れないし、畑の菜の物もたかが知れてる。川漁師だって近頃は不漁で困ってる。村人の暮らしを良くするための町興しなんだからよ、悪いようにはしねえ」

寅吉が話すと、時三郎が近づいて、

「さあ。それは、どうだかな……長崎様は遊郭ができれば、元締めになって、小普請組組頭なんて役人は辞めるんだろ」

「えっ……」

「神山さんも仕方なく加担されているようだな。なにしろ、長崎様の後ろ盾は、老中の堀部能登守様だからな」

「⁉――ど、どうして、そのことをッ」

「おまえのことを毛嫌いしていた文治が教えてくれたんだよ。ほら、そこにいるぞ」

時三郎が店内の片隅を指すと、文治が腹立たしげに立っている。寅吉に見えるはずもなく、十手を摑むと、

「人をからかうんじゃねえ……」

「今日は、長崎様のお屋敷で、神山さんと密談をしていたようだが、その前は堀部様のお屋敷にも出向いてた。悪いがな、ぜんぶ筒抜けなんだ。寅吉……おまえよりも、よく知っていると思うぜ、文治は」

ニンマリと笑う時三郎に、寅吉は何となく周りを見ながら、

「つまらねえことを言うんじゃねえ。文治の名ばかり出しやがって……〝逢魔(おうま)が時〟にはお化けが出るてえが、いい加減なことばかり言うんじゃねえ」

「いるんだから仕方がない。信じないかもしれないが、俺には見えるんだよ」

「ふざけるな」

「だったら、その証をしてみせようか」

「なんだと……?」

時三郎は傍らにいる文治の向かって、色々と話を聞いてから、

「おまえさんは若い頃、お邦という女を半殺しの目に遭わせたんだってな。その時、文治に捕まって、泣いて詫びを入れたそうじゃねえか。二度と女には手を出さないと」

「ふん。そんな話は幾らでも生前の文治から聞けただろうぜ」

「ゆうべは、段五郎と起助ってやろうを連れて、吉原に繰り出してたじゃねえか。下調べとか言ってさ」

「それだって、おまえの岡っ引を張らせてただろうがよ」

「でもな、『青山楼』の菊富という遊女と色々と珍しい性技とやらを披露して、身請けの約束をしたことまでは人が聞くことはできまい。おまえさん、かなりの性豪らしいな」

「遊女にまで聞き込みとはご苦労さんだ」

「臍下三寸のところに、蛇の刺青をしてるなんてのは、文治も初めて見たらしい

ぜ。あちこち舐めまくって、そんでもって、気持ちよくなると『極楽昇天なんまいだあ！』と呟くそうだな」

「……」

「人の〝営み〟は見るもんじゃねえなと、文治は言ってたよ」

「ふ、ふざけるな……それも菊富に聞いたのか」

頭に来た寅吉は思わず十手で、時三郎を叩こうとした。だが、すぐに避けた時三郎は、逆に寅吉の鳩尾を十手で突いて、

「さっきから、減らず口を叩いてるが、仮にも俺は同心だ。手を出してきたからには、キチンと始末をつけるぞ」

「始末だと……」

「ああ。後は、町奉行所が裁断する。どうなっても俺は知らないからな」

「そっちこそ、覚えてやがれ」

寅吉は悪態をついて、『伊丹屋』から飛び出していったが、お花は不安げに見送っていた。仕返しが恐かったのである。

案の定、翌日――。

湧き水から引いている樋が壊され、それどころか酒造りに使う水樽には、糞尿

が流されていた。寅吉がやったことに間違いないのだろうが、時三郎が捕らえに行っても、知らぬ存ぜぬを押し通した。

　寅吉が住んでいる長屋は、水神様の裏手にあった。地主も大家も寅吉である。長屋には下っ引というのは名ばかりの子分が数人いるが、御用などしたためしはなく、酒と博奕をして遊んでいるだけである。

「酷いことをするものだな、寅吉……おまえのせいで、『伊丹屋』は作りかけの酒が駄目になったのもある」

　時三郎が責め立てるが、寅吉は素知らぬ顔である。

「何の話だい」

「おまえたちがやったことは、村の者も見ているのだ」

「知りやせんねえ。それに、昨日、話したとおり、堀切村一帯はすべて、御公儀の地所で、小普請奉行支配の長崎様が預かってるんで、文句があるなら、そちらへどうぞ」

　寅吉はすっかり居直って、まったく相手にしない口振りである。

「そんなことより、〝竜神の鬼十郎〟の方を探索した方がいいんじゃないのかい。血も涙もねえ盗賊一味だってことは、旦那も知ってるんでやしょ？」

「関わりない話をして誤魔化すな」

　時三郎がムキになって言うと、寅吉は小馬鹿にしたように笑いながら、

「おやおや……本当に定町廻りの旦那かい。俺はてっきり、『伊丹屋』が〝竜神の鬼十郎〟の隠れ家だと知ってて、大間の旦那は女主人に近づいていると思ってたんだが、そうじゃなかったんで？」

　と意味ありげに言った。

「なに、どういうことだ……お花が盗賊に関わりあるとでも言いたげだが」

「大ありだよ。だから、俺たちは先から、お花の周辺を探ってたのによ、あんたに邪魔されてばかりだ」

「出鱈目を言うな」

「ふん。それも知らないで、まったく……堀切村を遊郭にするのも、〝竜神の鬼十郎〟を炙り出すためでもあるんだよ」

「……」

「つまり、あんたは何もかもを台無しにしてるってことだ。ま、せいぜい反省しておくんなせえ。では、ごめんなすって」

　人を食ったように苦笑してから、扉をバシッと閉めた。

寅吉の話は本当か嘘か分からない。だが、時三郎は嫌な予感がして、俄に胸が張り裂けそうになった。

四

その昼下がり、『伊丹屋』に来た時三郎は、糞尿の後片付けや樋の修繕などをしている茂兵衛や手代らを見て、自分がしゃしゃり出てきたからいけないのかと苦しんだ。

すべて信じたわけではないが、寅吉の言ったことが事実ならば、真相を究めなければならない。時三郎は心を鬼にして、

「お花さん……ちょっと話があるのだが」

と言った。

だが、お花は困ったような顔を向けるだけで、手を休める様子はなかった。

同行している五郎八が「おい」と詰め寄ろうとするのを止めて、時三郎が尋ねた。

「〝竜神の鬼十郎〟のことなんだが、聞かせて貰えるか」

「竜神の……何をでしょう……」

「俺はちょっと口下手だし、人の心を斟酌するのにも欠けてるかもしれないが、悪い気を起こさないでくれ」

「……」

「ここが、竜神の……つまり盗賊一味の隠れ家だと言う者もいるのだが、そんなことは出鱈目だよな」

「――はい。嘘っぱちです」

一瞬、ためらったような表情を、時三郎は見逃さなかった。小さな頃から、目立たず大人しかったが、人の顔色だけは気になるのか、よく見ていた。そのせいか、ちょっとした仕草で嘘が分かるのだ。

寅吉が『伊丹屋』のことを盗賊の隠れ家だと言ったときには、嘘がないと感じていた。ゆえに、時三郎としては悩ましかったのだが、もう少し強い態度で尋ねた。

「嘘なら、それを証明できるかい」

「えっ……」

「俺もただの噂で訊いているわけじゃない。それなりに調べてのことだ」

「……」

「此度も、竜神一味が、千住宿で盗み働きをした後、この辺りに来たことは確かなのだ。その話をあなたにした時、特段、怖がることもなかった。同じような話を江戸ですると、誰もが身震いするほどなのだがな」

「でも、知らないものは知りません。それに、うちのような所を狙うはずもないでしょう。狙うなら金のありそうな大店です」

「だとしても、人殺しも辞さない輩だ。怖がって当たり前だがな」

「そりゃ恐いですとも……でも、起こっていないことを心配しても仕方がないです。それに、大間の旦那……」

お花は意志の強そうな目を向け、

「人が言った嘘を、私に証せと言われても無理です。違うとしか言いようがありません。逆に私が嘘をついているのだとしたら、旦那が証明して下さい」

と自信に満ちた口調で言った。女ひとりで造り酒屋を営んできただけのことはある。だが、時三郎は却って疑いを抱いた。

「――〝竜神の鬼十郎〟がこの辺りに逃げてきた……との報せがあった夜、茂兵衛さんとふたりで出かけたね」

「それが、何か……」

「ここに来る前に、ちょっと調べたのだが、訪ねたはずの取引先には、誰もあなたと茂兵衛さんは来てなかったと言うんだよ」

「……」

「その代わり、若宮村の八幡神社辺りにはいたとのことだがな」

「えっ……いえ、そんなことは……」

お花が狼狽（ろうばい）した顔を見せたのは初めてだった。時三郎にとってはそれで充分だった。

「何をしに行ってたんだい」

「八幡様はうちの商売繁盛を守ってくれている神様です。しょっちゅう行ってます」

「いいですよ。そんなムキになって言わなくても……よく分かった。〝竜神の鬼十郎〟と関わりないなら、それでいいんだ」

時三郎は頷いて立ち去ろうとすると、店の出入り口に幸助が立っていた。この前と違って、時三郎のことを敵視するような目つきで睨みつけている。

「結局、大間の旦那……あなたも寅吉と同じなんだな」

「え……？」

「だって、そうじゃないか。おふくろを虐めて、ここから追い出そうとしている」

「それは違う。俺はただ……」

「おふくろが盗賊一味と関わりあるだと!?　ふざけたこと言うんじゃねえぞ」

幸助は今にも摑みかからん勢いで近づいたが、五郎八が間に入って、

「おまえの悪さも、こちとら承知してるんだ。あんまり粋がると、本当にお縄になるぜ」

と脅すように言った。

お花は吃驚したように時三郎と五郎八の顔を見ながら、

「うちの子が悪さをしてるって何ですか。いい加減なことを言わないで下さい」

「知らないなら言ってやる」

時三郎は止めようとしたが、五郎八は逆らうように、

「いいえ、旦那。見過ごすことはできやせんぜ。なあ、お花……てめえの息子は、寅吉に威勢良く逆らってたが、それはおまえの前だけのことで、実際は手先みてえに言いなりになってるんだよ」

「なにを馬鹿な……」

忌々しげにお花は首を振ったが、幸助は気まずそうに俯いた。その様子を敏感に見て取ったお花は、幸助に近づいて、

「本当なのかい、幸助……おまえ、まさかあんな奴らに、何か脅されてることでもあるのかい……ねえ、幸助」

と愛おしそうに見つめた。

幸助は苛々とした態度で、「知らねえよ」と吐き捨てて飛び出していった。

「お待ち、幸助……！」

お花は声をかけたが、手代のひとりが「女将さん、俺が」と後を追いかけた。その場に座り込んだお花は顔面蒼白になっていた。明らかに何かを知っている様子だったが、しばらく時三郎は黙って見ていた。

番頭の茂兵衛が側に寄ると、お花の体を抱えて帳場の横に座らせた。そして、深々と時三郎に頭を下げた。

「――幸助さんがああなったのは、私のせいかもしれません」

「父親がいないからって、何もかも番頭のあんたが背負うことはなかろう」

時三郎には、茂兵衛が幸助のことを可愛がっている様子は分かっていた。だが、

茂兵衛はそうではないと首を振り、

「今まで、甘い顔をしていたが、もう容赦しねえって、寅吉は前々から脅しにきてやす。もちろん、知ってのとおり、本当の寅吉の狙いは『伊丹屋』の土地です。この宿場一帯を吉原のような……」

「承知してるよ。美味しい酒造りに必要な水があるから、女将は譲らないこともな」

「これまでも、散々、嫌がらせをされました。地下水を汲み上げていた時には、井戸まで埋められました。樋を壊されたのも、今度が初めてじゃありません」

だから、黙々と直していたのかと、時三郎は思った。

「そんな乱暴狼藉を働いても、お奉行所は助けてくれませんでした……女将さんは、ただただ亡き主人が残したこの小さな造り酒屋を懸命に守り抜こうとしていただけです」

「……」

「そのためには、綺麗な硬質の井戸水が大切なのですが、寅吉は前々から、十手を預かっているのを笠に着て、散々脅しに来てたのです……主人の清吉さんも頑固な職人気質だったですが、ある日……出商いの帰り道、辻斬りに斬られた上に、荒川に落ちて死んでしまったんです」

「えっ……事故じゃなかったのかい」

時三郎は驚いた。茂兵衛はなぜかホッとしたような顔になって、

「その時も、お上は手を貸してくれませんでした。それどころか、南町の神山様は足を滑らせて転んだのだろうと決めつけました。たしかに刀傷は小さく、首の辺りを斬られただけのようでした。それを転落したときの怪我だと……」

「それは酷い話だ……」

時三郎はふつふつと怒りが湧いてきた。茂兵衛も無念そうな顔で、

「でも、私どもも辻斬りで殺されたというよりも、転落で死んだ方がよいと……幸助さんはまだ十歳の子供です。殺されたと話して聞かせるのも酷なので……」

「……」

「それでも私は諦めたわけではなく、辻斬りをした奴を探していました。そんな様子を、幸助さんは気づいて……父親は殺されたのに、私たちが黙っていたことに傷ついてしまったのです」

「で……あんなふうに……」

茂兵衛が深い溜息をつくと、お花がポツリと言った。

「私が悪いんです……本当のことを話せばよかったんだし、お奉行所にももっと必死に訴えればよかったんです」

ふたりは顔を見合わせて、身に起こった不幸を嘆くように泣き出しそうになった。

だが、その話を聞いていた時三郎には、腑に落ちないものが幾つかあった。そして、今、大変な状況であることを鑑みると、もしかすると、清吉殺しは、神山や寅吉が仕組んだことではないかと感じた。

――だとしたら……幸助は単に、寅吉のお先棒担ぎをしているのではなくて、父親を殺した辻斬りを見つけて、仇討ちしようと思っているのではないか。

時三郎はそう睨んだ。しかも、仇討ちの相手は、神山と寅吉だと目星をつけている。だから、あえて近づいているのではないかと考えた。だとすると、まだ少年ゆえ短絡的に殺すかもしれない。

父親を失った子供の気持ちは、時三郎にもよく分かる。それがもし殺しであるならば、絶対に仇討ちをしたくなるはずだ。

嫌な予感がした時三郎は、『伊丹屋』を後にすると、寅吉の長屋に向かった。

いつものように奉行を決め込んだ手下たちが、昼間から酒を食らっている。その中に、幸助の姿は見えない。だが、あまり悠長なことをしていると、取り返しのつかない事態になるかもしれぬ。

——こっちから〝因縁〟をつけてでも、寅吉を引っ張っていこう。

と思って時三郎が、木戸口を潜ろうとしたとき、「お待ちなさい」と声がかかった。

振り返ると、真季が立っていた。

「先生……」

真季は時三郎の腕を摑んで、近くの木陰に引っ張っていった。

「どうも釈然としないことがあるので、私も寅吉の身辺を探っていたのですが、町の地所の取り上げのために、〝竜神の鬼十郎〟の一件が利用されている節がありますね」

「探っていたって……先生、何を探っていたのですか。先生は可哀想で憐れな女たちを救いたい……そのつもりではないのですか」

「もちろんそうです。でも、色々と調べているうちに許せなくなってきました。長崎様も神山さんも」

「まるで、定町廻りにでもなったような言い草ですね。あ、もしかして……」

　時三郎はかねてよりの疑問をぶつけた。

「先生は、遠山奉行の目付か何かではありませんか。そもそも『錬武館』で剣術の修業をしろと言ったのは遠山奉行だし、黒瀬様の後押しもあって通い始めましたが……」

「それは私の口からは言えません」

「てことは、認めたも等しいですね。違うのなら違うというでしょうし」

「疑いがあるなら、ご自身で遠山様にお尋ね下さい。それよりも、これは大事件です」

　確信あるかのように、真季は言った。

「あなたも調べたとおり……どうやって分かったのかは知りませんが、もし御老中の堀部様までが関わっているとしたら、ただで済ませるわけにはいきませんものね」

「ただで済ませるわけにはいかない……」

　鸚鵡返しをする時三郎は、〝正義漢〟の如く断ずる真季の姿に身震いした。

「やはり、俺には高嶺の花ですね」

「えっ……？」

「いえ、なんでもありません。離れて遠くで見ていることにします。何事も分を弁えるのが、俺のいいところなので」

自嘲する時三郎を、真季は少し物足りなさそうに、呆れ顔で見ていた。

五

その数日後——。

〝竜神の鬼十郎〟一味捕縛に向けて新たな動きが見えた。南町奉行の鳥居燿蔵が乗り出して、大がかりな捕り物のため、奉行所総出で堀切村に出向いてきたのである。

殺しや盗賊を扱う三廻りは当然のこと、風烈廻昼夜廻りや門前廻りなど外回りの与力や同心、捕方や町方中間、さらに岡っ引ら百人態勢で、堀切村一帯を囲んで、根刮ぎ調べ始めた。

長崎采女の土地であることを、老中堀部が承認し、凶状持ちなどがいないかを徹底して調べるというのが表向きの理由だった。いわば公収した所に、反幕府のような連中がいれば悉く捕縛するという命令が出たのだ。

神山と寅吉は、以前にも増して、盗賊一味捕縛を掲げながら、未だに立ち退きに反対している村人たちを、

――盗賊を匿っている。

という理由で捕縛していった。めちゃくちゃなやり方だが、仕方なく村を離れたり、代替地に移る者が増えた。

残された屋敷には、妙な浪人や遊び人が出入りするようになり、御法度の博打の真似事もするようになった。俄に雰囲気が悪くなったが、これも盗賊を寄せ付けない〝治安対策〟だとするような理不尽なことを、神山たちは老中や南町奉行の名において、ごり押ししていた。

それでも、頑として居座り続けようとするお花に、寅吉は再三再四、「いい加減に言うことを聞いた方が身のためだ」と詰め寄った。

「何度もお断りしているように、そんな脅しには乗りません」

お花も繰り返し、意地を張ったように寅吉を追い返そうとした。

「残念だがな、お花……残っているのは、もうおまえだけだ。つまらねえ強情を張るのはもうやめな。悪いようにはしねえからよ」

「いいえ。私はこの店を守らなければ……」

「しつこいぜ、お花ッ」

業を煮やしたように寅吉は語気を荒げた。

「こちとら、おまえと幸助のことを考えて、よかれと思ってんだがな。そこまで毛嫌いするなら仕方がねえ……〝竜神の鬼十郎〟のことも含めて、始末するしかねえな」

「竜神の……」

「今更、惚けても無駄だぜ、お花……鬼十郎がおまえの実の兄貴だってことは、こちとら先刻から承知なんだよ」

「!?……」

驚愕のあまり、お花は目を見開くと、寅吉は鬼の首を取ったように、

「ほら、図星だろうが。しかも、てめえの所はまずいと思って、八幡神社に匿っていることもあった。また姿を眩ましてるが、いつまでも世間を欺けると思うなよ。可哀想だが、おまえも……三尺高い所に行くことになる。覚悟しておけ」

「……」

「その前に、幸助は俺が預かってる。なんだか知らねえが、嫌いだったはずの俺のことを慕ってきてるんだ。恐らく、おまえの正体が分かったからだろうよ」

「幸助に何をするつもりです」

「何もしねえ。一人前の男にしてやるだけのことだ。父親代わりにな」

「よして下さい。そんなこと……」

お花は思わず寅吉の腕にしがみついた。だが、寅吉は十手で押し返し、

「だったら、素直に俺の言うことを聞けばいいんだ。おまえの実の兄が盗賊だと分かったら、幸助も一蓮托生だ」

「……」

「だが、鬼十郎を俺が捕縛することができれば、奴が何を言おうと、おまえたち母子との関わりは揉み消してやる。兄を取るか息子を取るか……母親としたら当たり前の選択をするだけだと思うがな」

「あなたって人は……」

憎々しげに睨みつけるお花に、寅吉はいかつい顔を近づけて、

「てめえのやってることを棚上げして、文句を言っても聞く耳は持たねえ。鬼十郎を何処に隠してる。それを言えば済む話だ」

「……」

「奴を捕らえて、この地を公儀のものにする。それさえ出来れば、俺は大手柄だ。

新しい遊郭の町で、長崎様の下で差配を任される。そしたら、おまえが造り酒屋を続けたければ、他の所でやらせてやる……それほど、おまえに惚れてるってことだ。これ以上、俺に恥を掻かせるねえ」

寅吉はこれが最後だとばかりに、お花に迫った。だが、じっと黙り込んだまま、お花は首を縦に振らなかった。

「そうかい……だったら、鬼十郎共々、おまえと幸助も一緒に地獄に落ちるがいいぜ」

吐き捨てるように言って、寅吉は背中を向けた。店から出ていこうとする寅吉の後ろ姿を、お花は見ていたが、

「待って下さい、寅吉親分」

と追いかけた。

「――話します……〝竜神の鬼十郎〟のことは……でも、信じて下さい。兄の鬼十郎は、人を殺め(あや)たりする人じゃありません。それは何かの間違いです。どうか、どうか」

しがみつくお花を、寅吉はニンマリとした顔で振り返った。

「悪いようにはしねえよ。俺に任せておきな。伊達に二足の草鞋(わらじ)を履いているわ

けじゃねえんだからよ」

寅吉の言葉に、お花は縋りつくしかなかった。

堀切村の周辺にある隅田村、渋江村、四ツ木村、若宮村などはほとんどが田畑であり、隅田川、綾瀬川、荒川を結ぶ水路や小川が縦横に繋がっている。それゆえ、物資を運ぶ利便は良いのだが、盗賊の逃走を助けることにもなっていた。

綾瀬川を少しくだった木下村に、心覚寺という古刹があった。目の前はゆったりと川が流れており、大きな橋もある。

お花の亭主の先祖は代々、心覚寺の檀家であり、今でも年に多額の喜捨をしていたので、法事などで来客が多いときは、庫裏の一角を使わせて貰ったりしていた。

本堂には阿弥陀如来が鎮座しており、四十畳程の本堂では、住職の杢念が勤行をしていた。

——弥陀仏本願念仏、邪見憍慢悪衆生、信楽受持甚以難、難中之難無過斯……。

阿弥陀仏の本願による念仏の教えは、「誤った邪な考えだけで、驕り高ぶる者たちは、仏を信じることは甚だ難しい。難題中の難題で、これ以上難しいことはない」ということである。その意味合いの『正信偈』が唱えられていた。

声明の声は庫裏の一室まで聞こえている。裏庭には蓮池があり、渡り廊下の向こうには竹林に囲まれた離れがある。

そこには、五人の男が車座になって、住職や修行僧の声を聞いていた。

〝竜神の鬼十郎〟一味である。親分の鬼十郎は、四十絡みの男だが、何処にでもいそうな大人しそうな風貌で、とても凶悪な盗賊の頭には見えない。手下の連中には、ならず者風のいかつい顔の者もいたが、いずれも悪辣な目つきではない。

「鬼十郎親分、どうしやす。南町の手の者は虱潰しに俺たちを探してやすぜ」

まだ若い手下が訊いた。箱火鉢の前に座って、ポンと煙管を叩いた鬼十郎は、一同を穏やかな目で見廻すと、

「ちょいと妹を頼りすぎた。おまえたちが捕まるのを、俺は見たくねえ。しばらく離れればなれに暮らすしかねえな」

「ですが、親分……」

「足を洗いたい奴はこの際、そうしろ」

鬼十郎が言うと、別の子分が腰を浮かして言った。

「とんでもねえ。俺たちはてめえたちの欲のためにやってるんじゃねえ。御経じ

ゃねえが、仏を信じてるからこそ、憐れな人のために盗み働きをしてきたんじゃねえか。なあ、そうだろ、みんな」

「ああ。俺たちの金で救われた人間も多いと思う。この寺にだって、寄進してきた」

　盗んだ金の大半は、名乗りもしないで『ご寄贈します。貧しい子供や病に臥せっている人のために使って下さい』とだけ書き置きして、寺や神社に置いてきた。ふつうの商家ならば、横取りする者もいるだろうが、神仏に仕える者なら、鬼十郎たちの願いどおりに振る舞うと思っていたからだ。

「もちろん、今生の別れじゃねえ。此度は、おまえたちも知ってのとおり、長崎采女とやらの野望のために、お花の店だけでなく堀切村が犠牲になりそうだ」

「へえ……」

「かといって、俺たちが何かできるわけでもねえ。むしろ、足手纏いになってる。ここんところはキッパリと別れようじゃねえか」

　鬼十郎が言うと、子分たちは思い思いの言葉を発しながら、涙ぐんだ。それほど結束が強かったのである。

「では、親分はどうするんですか」

「俺はここに残って、お花を守ってやる。でねえと、顔向けができねえ」

「顔向け……？」

「俺はガキの頃から、二親(ふたおや)には迷惑ばかりかけてきた。年の離れた妹にも、随分と苦労をさせた。それこそ、身売り話も出てたくらいだから、『伊丹屋』の清吉が嫁に貰ってくれたことには感謝してる」

「……」

「もちろん何年か前、再会するまでは、お花は俺が盗っ人(ぬすっと)とは知らなかったが、何も言わずに匿ってくれた……これ以上、迷惑はかけられねえ。だから、おまえたちも内緒にな」

「そんなことは当たり前でさ。でも、親分……ここに残ったら危ねえ……」

「いいから。思い立ったらナントヤラだ。今すぐにでも逃げな。落ち着いたら、いずれまた繋ぎをつけるからよ」

善は急げとばかりに鬼十郎が言おうとしたとき、読経(どきょう)の声が中断して、渡り廊下を誰かが駆けてくる足音がした。サッと襖(ふすま)が開くと、李念和尚(おしょう)だった。

「鬼十郎。南町同心と寅吉らが押しかけてきた。早く逃げろ。ほら、こっちへ」

李念は当然のように、床の間にある奥の小部屋に続く扉を開けた。そこから裏の竹林に続く細い通路があった。さらに川に続いており、小舟が置いてあるのだ。そこから荒川に流れ出れば、上総から常陸の方に逃げられる。

「急いで、早く」

杢念和尚が言うと、鬼十郎は子分たちを強引に奥の小部屋に押しやった。

「親分は……」

「いいから行け。ここがバレたってことは、周辺にも奉行所の手の者が沢山いるかもしれねえ。見つからねえように逃げるんだぜ」

鬼十郎は強引に別れを告げて、自分は居残ると言い張った。

「俺のことは大丈夫だ。さっさとしろい！」

しまいには怒声になって、鬼十郎は子分たちを蹴散らすかのように追い立てた。ほとんど入れ違いに、中庭や渡り廊下からドッと捕方が踏み込んできた。その後ろから、神山と寅吉もやってきて、

「御用だ！　〝竜神の鬼十郎〟だな。神妙にお縄を受けやがれ！」

と怒鳴った。

鬼十郎はまるで行方を遮るように両手を開いて立ちはだかり、

「見つかったからにはしょうがねえや。逃げも隠れもしねえから、好きにしやが

れ」

と啖呵を切ってから、デンと座り込んだ。

すでに床の間の秘密の扉は閉まっており、掛け軸も揺れていない。神山は部屋の中や裏庭などを眺めながら、

「仲間はどうした」

「さあな。千住宿で別れたきりだ」

「嘘をつけ。どこに逃がした」

「何人もいたら足が付く。そんなこたあ、盗っ人稼業じゃ当たり前だ」

「いや、仲間はまだ寺の何処かに潜んでるはずだ。探せ、探せ！」

神山が命じると捕方たちは、本堂や庫裏から竹林の方へも散って探し始めた。

その間に寅吉は、鬼十郎をしっかりと縛りつけた。

「ようやく捕まえたぜ、鬼十郎……これで、てめえは獄門だ。ざまあみやがれ」

「そのときは、おまえも道連れにするぜ」

「なんだと」

「俺たちがちょいと荒らした後に、おまえが踏み込んで殺しや盗みをして、ぜんぶ〝竜神の鬼十郎〟一味の仕業にしてたのだからな」

「だ、黙りやがれッ。出鱈目言うな」

思わず寅吉は十手で、鬼十郎の額を打ちつけた。じんわりと血が滲む顔で、鬼十郎は見上げたが、寅吉は鼻で笑い、

「この隠れ家を教えたのは、お花だ……やはり、てめえのことより息子の命が大事だったようだな」

「当たり前のことだ。だが、俺が捕まったからには、おまえも覚悟するんだな」

平然と睨む鬼十郎から、目を逸らした寅吉は、

「和尚！　てめえも、ただじゃ済まされねえぞ。この生臭坊主が！」

と声を荒げたが、杢念和尚もこうなることが分かっていたかのように、達観した目で寅吉と神山を見つめていた。そして、

「弥陀仏本願念仏、邪見僑慢悪衆生、信楽受持甚以難……救いがないのは、おまえさん方だな。南無阿弥陀仏」

と明瞭な声で言うのだった。

経文に反応するかのように――一部始終を、文治は一室の片隅から見ていた。

「とんでもねえ奴らがいたもんだ。俺が幽霊じゃなきゃ、何もかもを遠山様にお伝えするんだがな……」

と呟いていた文治がいる方を、一瞬だけ、寅吉が振り返って、「ひいっ」と奇声を発して、飛び上がりそうになった。同時に、杢念和尚も見ていて、

「そこに誰かおりますな……寅吉親分と同じような岡っ引の姿がいるような……」

と言った。

「ば、ば、馬鹿なことを言うねえ！」

悲鳴に近い声を上げて、寅吉は鬼十郎を引っ立てるのであった。

六

〝竜神の鬼十郎〟が『伊丹屋』の女将・お花の実兄だということは、すぐに読売などで世間に広がった。こうなると、もう店から取引先や客がいなくなってしまい、潰れるのは火を見るより明らかだった。

子分たちは逃げおおせたようだが、町奉行所からすれば親分の鬼十郎を捕らえることができたのであるから大手柄である。神山と寅吉は、南町の鳥居奉行から金一封も出て上機嫌であった。

長崎の屋敷ではいつものように、神山が杯を受けながら恐縮していた。その場

ず追っ払って、ご苦労であった」

には寅吉もおり、嬉しそうな顔で、

「あっしにまで、ありがとうござんす」

と謙(へりくだ)って挨拶をして杯を受けた。

「寅吉。さすがは裏渡世にも通じているだけあるのう。村人たちを有無を言わせず追っ払って、ご苦労であった」

満足げに頷く長崎は、遊郭の町に変わった暁(あかつき)には、寅吉に支配を任せると繰り返し言った。その際、神山は町奉行の見廻り役として、妓楼(ぎろう)から相当の賄賂(まいない)を受け取ることになるであろう。取らぬ狸(たぬき)の皮算用だが、三人は実に楽しそうに、新しい遊郭の町について夜を徹して語った。

「のう、神山……そもそも江戸には、回向院(えこういん)前、深川中町、土橋、赤城明神裏、麻布氷川、芝神明地内、牛込行願寺などを初めとして、二百以上の岡場所があった。それを何十回ものお触れが出て、今や二十数ヶ所に減っている」

特に松平定信による〝寛政の改革〟の折に激減した。此度(こたび)は水野忠邦の〝天保の改革〟の質素倹約と奢侈(しゃし)禁止によって、松平定信とは比べものにならぬほどの厳しさでなくしてきた。そして今は、吉原と準公許ともいえる江戸四宿だけとなり、夜鷹(よたか)や〝けころ〟の類(たぐい)まで粛清されたのである。

ところが、その一方で、このままでは江戸の男たちの欲望の捌け口がなくなる。それゆえ、堀部能登守は密かに、吉原と並ぶ公娼がいて、金になる色街を造ろうと画策したのだ。

もっとも、岡場所を一切なくし、厳しく取り締まっているのに、新たな遊郭を造ることは表向きにはできない。それゆえ、町を築いて後、〝既成事実〟を作ってから、公許を与える算段をしていた。

長崎はその話を滔々としてから、

「ここは、おまえたちの町だ。堀切村ではなく、華やかな地名を考えろ。ははは」

と余裕で笑い、寅吉の子分たちにも好きなだけ酒を飲めと振る舞った。

控えの隣室には、村人たちを脅して追い出した子分衆たちが控えている。いつも長屋で花札をしていた連中だ。その中に、幸助の顔も見えるが、緊張で強張っていた。

寅吉は幸助を手招きして、自分の隣に座らせた。

「こいつは、『伊丹屋』の倅でございます」

「なんと……」

「ですが、ご安心下さい。〝竜神の鬼十郎〟のことを話してくれたのも、こいつです。幸助は前々から、母親が怪しげな奴を匿っていることに気づいていたようです。だから、俺に楯突いたふりをして母親を安心させ、怪しげな奴の正体を調べたそうです」

「それが、お花の兄だったわけか」

長崎がまだ少年の顔をしている幸助を見ながら、

「なかなか性根のある目つきをしておる。幸助とやら、おまえは何故、母親を売ってまで、寅吉の手下になった」

「あんなのはおっ母さんじゃないからです」

「母親ではない……」

「はい。本当のおっ母さんは、産後の肥立ちが悪くて亡くなったそうです。まだ乳飲み子のときに、お父っつぁんの後妻として来たそうです。もちろん、可愛がってくれてましたが……実の兄が現れるようになってから、お父っつぁんは迷惑してた。盗っ人だからです」

「……」

「でも、お父っつぁんは殺された……」

「事故ではなかったのか」

「殺されたってことくらい、十歳の俺でも勘づいてました」

「利口だな。殺したのは……鬼十郎か。父親と不都合なことでも起こって」

「そう思ってました」

「思ってた……」

「でも間違ってました。本当にお父っつぁんを殺したのは、長崎様、あなたです」

言うなり幸助は隠し持っていた匕首を抜き払って、長崎に襲いかかった。脇息にもたれかかって杯を傾けていた長崎は、不意をつかれて仰向けに倒れた。

「死ね！　お父っつぁんの仇でえ！」

匕首で胸を突こうとしたしたが、素早く飛び掛かった寅吉が、幸助の腕を捻り上げて、匕首を奪った。激しく蹴飛ばし、

「なにしやがる、てめえ！」

と寅吉は幸助を何度も殴りつけ、他の子分たちも加わって袋叩きにした。

ぐったりとなった幸助の胸ぐらを摑み、取り上げた匕首を突きつけた寅吉は、

「もしかして、端から長崎様を狙って、俺に従順なふりをしていたのか」

「ケッ。今頃、気づきやがったか」

「仮にも、てめえのおふくろを売ってまでか」

「盗っ人の仲間みたいなものだから、自業自得でえ……何も知らねえ親父は、堀切村を守ろうとして、おまえたちに殺された。だから俺はどうしても、てめえらを許せなかった」

「ふん。ガキの浅智恵だな。そんなに親父が好きなら、あの世で仲良くしな」

匕首で胸を刺そうとしたとき、障子が開いて廊下から飛び込んできたのは、真季であった。いつもの稽古袴姿ゆえ、一瞬、若侍が現れたように見えた。

真季は踏み込んできた勢いのまま寅吉を蹴散らした。驚きながらも、躍りかかってくる手下たちも子供をあしらうように柔術で投げ飛ばし、逃げようとした長崎の肩を摑んで引き倒した。神山は呆然と立ち尽くしているだけである。

「な、何奴だ……！」

長崎は声がひっくり返り、情けないほど震えている。悪事を働く旗本の性根はかようなものかと、真季は怒りを通り越して呆れた。

「何もかも正直に、評定所にてお話しいただけますか、長崎様」

「お、女か……」

「武芸に男も女も関わりありませぬ。如何(いかが)致します」

「だ、誰かおらん！」

長崎は悲痛に叫んだが、家臣は誰も駆けつけてこなかった。

「屋敷周りの用心棒は、私がすべて倒しております。この屋敷内にはわずか三人の家臣しかいませんので、雑作ありませんでした」

「な、何者だ……」

「遠山様の使いとだけ、申し上げておきましょう」

「なんと、遠山だと……北町奉行のか」

「他に思い浮かべる御仁(ごじん)がおありですか。ねえ、神山様。あなたも御覚悟はありますよねえ。鳥居奉行を騙したのですから」

ジロリと真季が睨みつけると、神山は狼狽(ろうばい)して、

「し、知らない……俺はただ……長崎様の言いなりになっていただけで、その……」

と言いかけたが、脱兎(だっと)の如(ごと)く逃げ出した。

「おい、神山！」

さらに情けない声で、長崎は呼び止めたが、神山の姿はすぐ見えなくなった。

這い蹲いながらも、必死に脇差しを抜いて抗おうとしたが、真季に腕を捻り上げられた。

そこへ——。

「あった、あった。色々と見つかった」

と言いながら、時三郎が山のような書類を抱えてきた。

「時三郎さん。やはり、あなたの狙いどおり」

真季が声をかけると、俯せに倒れたままの長崎は懸命に顔を上げて、

「どういうことだ……何をしておる」

と嗄れ声を洩らした。

「北町定町廻りの大間です。ええと、やはり文治の言ったとおり、遊郭にするための地取り図や絵図面、見積書から普請請負問屋のことまで、入念に策定しているのですな。いやあ、さすがは小普請組支配だけのことはあります。立派なものです」

皮肉めいて言う時三郎の顔を、長崎は憎々しげに見上げていたが、

「町方ふぜいに、何の権限があって、こんな真似をしているのだ。たとえ遠山殿の命令であっても、それこそ支配違いではないか」

「はい。私は遠山様の命令で来ましたが、遠山様は老中首座の水野様のご命令らしいですよ。こうして、公儀の普請だと言って強引に土地を取り上げた証拠もありますし、申し開きなら評定所の方でお願いします」

「貴様ッ……」

「老中の堀部能登守様との関わりも問われると思います。これまでも、色々な悪い噂がある御仁なので、正直に言った方がよいかと存じます。元の住人たちにキチンと土地や家屋を戻してあげれば、あなたが切腹させられることはないかと存じます」

淡々と言う時三郎の態度に、益々、苛ついた長崎は、強引に真季を押し退けて脇差しを抜き払った。が、次の瞬間、真季に鳩尾を打ち落とされ、その場に崩れるのだった。

幸助はまだ目をギラつかせていたが、傍らに時三郎が立って、

「これで、こいつらにお父っつぁんの仇を討てるぞ」

と書類を掲げて見せるのだった。

七

長崎の屋敷から改めて押収された証拠の書類や、遊郭を造る前提で普請請負問屋から受け取っていた賄賂(まいない)が続々と出てきたことで、評定所ではあっさりと裁断が下された。

長崎と神山は御家断絶の上、切腹。寅吉は獄門となった。いずれも、遊郭騒動の中で、頑(かたく)なに反対していた『伊丹屋』の亡き主人・清吉を殺したことを認めたからである。実際に手を掛けたのは、寅吉だが、神山が事故だと処理していた。そのことで、『伊丹屋』はもとより、他の村人たちを追い出す弾みがついたのだった。

ところが、肝心の堀部能登守と鳥居燿蔵は、まったく此度(こたび)の一件には関与しておらず、評定所から処分が及ぶことはなかった。

——またしても蜥蜴(とかげ)の尻尾(しっぽ)切りか。

と時三郎は思ったが、一介の町方同心には如何(いかん)ともし難かった。

だが、南町の同心が手を下したからには、鳥居には一連の事件を裁く立場にないと、水野は一切を北町の遠山に委ねた。

お白洲に引っ張り出された〝竜神の鬼十郎〟とお花は、すべて正直に話すと神妙な面持ちで座っていた。水を打ったような静けさの中で、壇上の遠山は、

「では、〝竜神の鬼十郎〟と認めるのだな」

と訊くと、鬼十郎は素直に頷いた。鬼十郎というのも本名である。

「お花は、いつから自分の実の兄だと分かっていたのだ」

遠山が問い質すと、お花はチラリと鬼十郎を見てから、覚悟を決めた顔で話した。

「もう数年前のことです……幸助がまだ六つ頃のことでした。町方同心に追われて、うちに、『伊丹屋』に逃げ込んできたのです」

その時の様子を、お花はまるで昨日のことのように伝えた。

雲が広がり、月光の淡い夜だった。

店仕舞いをして、奥座敷で主人の清吉が帳簿の付け直しや翌日の人足たちへの給金などの準備をしていたときである。

お花も裏戸に閂をかけ、座敷の雨戸を閉めようとしたとき、ガサゴソと中庭の灌木が揺れた。たまに、イタチなどが来ることがあるので、お花は清吉を呼ぼう

としたが、暗がりに微かに見えたのは人がしゃがみ込んでいる姿だった。

ヒッと声にならない悲鳴を、お花が上げそうになったとき、

『俺だ、お花……鬼十郎だ……』

と囁く声が聞こえた。

『すまねえ。迷惑はかけねえから、一晩だけ裏の蔵の隙間にでも匿ってくれ』

お花には信じられないことだった。

兄の鬼十郎とは、年が十歳離れており、お花が物心ついたときには、田舎では悪ガキの仲間だった。親に迷惑ばかりかけて、平気で人を殴ったり、金や物を盗むようになっていた。

だが、小さなお花にだけは優しかった。二親は毎日、野良仕事や出稼ぎでいなかったから、鬼十郎が面倒を見てくれていたのだが、人前とは違って仙人のように優しかった。いつも、ご飯を食べさせてくれ、おんぶして寝かしつけてくれたりしていた。

鬼十郎は黒い頬被りをしていたが、取っ払うと、たしかに実の兄だった。

『――ほ、本当に……あんちゃんなんだね。鬼十郎あんちゃん……』

『詳しい訳は言えねえが、今、追われてる身なんだ。決して、おまえにも亭主に

も迷惑はかけねえ。このとおりだ』

両手を合わせて、鬼十郎は頼み込んだ。

まじまじと顔を見つめたお花は、俄にもう十年以上も会っていない兄の顔を思い出した。薄暗い中だが、プッツリいなくなった二十五歳の頃から比べると、逞しく見えた。

『おまえが、この店に嫁いだってのは、実は知ってたんだ……後添えらしいが、優しそうな亭主と可愛い子供を遠目に見てたこともあるんだよ……だが、声はかけられなかった』

『……』

『息子は亭主の前妻の子らしいが、どう見ても実の母子だ。せいぜい可愛がってやんな……何もできねえ伯父だけどよ』

そんな話をしているとき、遠くから呼び子の音が響き渡ってきた。お花は、鬼十郎は盗みでもしてきたと思ったが、こんな形でも訪ねてきた兄を突き出すわけにはいかないと心に決めた。

清吉が呼び子に異変を感じて廊下に出て来ると、お花が裏庭にいるので、

『どうした、お花……』

『あ、いえ……またイタチが入ってきたようなので、見てたんです』

『なんだか、騒々しい。何かあってはいけないから、中に入って雨戸を閉めておきなさい。本当に物騒だねえ』

と言って、清吉が奥座敷に戻ろうとすると、ドドドンと店の表戸が激しく叩かれた。

ギクッとお花は飛び上がりそうになったが、清吉はもう一度、同じ事を言ってから、店の方に向かった。

その隙に、お花は鬼十郎を裏手の土蔵の方へ連れていき、横にある炭置き小屋に案内した。扉を開けて中に押し込むようにして、

『ここなら大丈夫。誰も来ないから……雨が降るかもしれないから、さあ』

鬼十郎は素直に従って、頭を下げると、

『明日の朝までには出ていくから……すまねえな。感謝するぜ』

と、お花に向かって手を合わせた。

店の潜り戸を開けると、中に押し込んできたのは、神山と寅吉だった。十手をちらつかせながら、睨むように目を光らせ、

『〝竜神の鬼十郎〟って盗っ人が、こっちの方へ逃げてきた。見かけなかったか』

『いいえ……それは、どういう……』

『花川戸の両替商に押し入り、二百両ばかり盗んで逃げた。仲間も二、三人いるようだが、噂では人殺しもやるらしい』

『えっ……！』

『もし、妙な輩がいたら、迷わず番屋へ届けるんだ。いいな』

神山は念を押して、その夜はそのまま帰っていった。

戸締まりをした後、お花は手代らの夕餉の残りで握り飯にして、炭置き小屋に持っていき、扉を少し開けて置いていった。

この夜は一睡もできなかったが、翌朝、見に行ったときには、もう鬼十郎はいなかった。握り飯は消えていたが、その場に十両もの大金が置かれていた。兄は、神山と寅吉に追われている盗っ人だと確信して、お花はなんとも言えない苦々しい気持ちになった。

しかし、鬼十郎がお花の前に姿を現すことはなかった。

それから二年ほどして、同じようなことが起こった。今度は、三人ばかり子分を連れていたので、店の中で匿うのは難しいと思い、正直に亭主に話した。てっきり、お上に届け出ると思ったのだが、

『そういうことなら、心覚寺の住職に相談してやる』

と掛け合ってくれた。

僧侶が盗っ人を匿うなどとは言語道断だが、実はこの寺はかつて〝盗っ人宿〟として、裏渡世では知られていた。

――盗みをする者は必ず事情がある。人殺しをした輩なら許せぬが、盗んだ金はいつか返させる。

という条件で匿っていたことがあるのだ。捕まれば死罪は確実だから、盗みは重罪だが、命と引き換えはあんまりだと、李念は「仏教は殺生せず」を押し通したのだ。

その時、鬼十郎が盗みをしていたのは、弱者救済が狙いで、強欲な商家だけを狙っていたという考えに、李念は賛同した。この頃はすでに、長崎による堀切町を含めた周辺の村々一帯を遊郭にするとの胡散臭い話が出ていたのもあった。李念は『伊丹屋』共々、居座り続けることを決めていたのだった。

だが、鬼十郎が次に現れたときは、神山と寅吉は、お花が何か関わっていると勘づいた。さらに、鬼十郎が実の兄だと摑んで、

『土地を手放さないと、おまえの兄貴のことをバラして、とっ捕まえるぜ』

と脅してきた。

そこまで、お花が話したとき――。

遠山が深い溜息をついて、鬼十郎の方に向かって、

「妹の話はすべて正しいのか」

「へえ。概ね、間違いございやせん」

「概ね……？」

「お花は、あっしを庇うために、亭主や子供まで犠牲にしてしまいやした」

「子供……幸助のことか」

「そうです。幸助は賢い子でしてね、俺が来たことで、母親のお花が庇っていることに勘づきました。そんな様子から、なぜか実の母親でないことにも気づいたんです」

「……」

「感じやすい年頃だから傷ついて……俺はえれえことをしちまった……」

鬼十郎は両手をつき、自分さえ現れなければよかったと悔いて、涙を流した。

お花は黙って見ていたが、気持ちは察していた。

「私の実の子です……今でもそう思ってます……だって、まだ目も開いてないよ

うな赤ん坊のときから、貰い乳をしながらとはいえ、育ててるんですから」

「だから、俺さえ隠れに行かなきゃ、お花夫婦と息子は何事もなかったんだ」

「ならば、盗みなどやめて、まっとうに働けば、まだ救われる道があったはずだがな」

「へえ……けれど、神山と寅吉は、俺たちが盗み働きをした後に来ると、探索に見せかけてこっそり金を奪い取り、すべてを〝竜神の鬼十郎〟一味のせいにした。殺しだって二度や三度じゃねえ。あいつら、とんでもねえことをしやがってたんだ」

必死に訴える鬼十郎だが、遠山にしてみれば〝目くそ鼻くそ〟の類である。

「それも含めて、恐れながらと出てくれば、対処しようもあったがな」

「いえ、お奉行様……時には、俺たちが何もしてねえのに、俺たちがやったことにされてたんで……おそらく寅吉は子分たちに適当な盗みをさせて、同じような手口で被害を広げていってたんでさ。だから俺は……」

鬼十郎は悔しそうに拳を握りしめて、

「奴らを逆にとっ捕まえるか、ぶっ殺すかしようと思った。そんな矢先……清吉さんが殺された。しかも事故として片付けられた。お花と一緒に、『伊丹屋』を絶対に手放そうとしなかったからだ」

「さよう。地獄に行きたくなかったのか、寅吉は正直に話した……神山の方は知らぬ損ぜぬを通したがな。しかし、お花はよけい頑張って、亭主の思いを引き継いだ」

「へえ。だから、あっしのことを持ち出して、さらに脅しをかけてきたんでさ」

「……」

「俺は、お花と幸助をなんとか守りたい一心で、長崎采女が悪いと調べ出し、なんとか上手く始末をつけてえと思ってたんですが、逆に盗賊退治のために堀切村を一掃する名目に利用されてしまった。刺し違えてでもいいから、奴らを……」

「愚かな考えだ。そんなことをすれば、お花と幸助は、まことに人殺しの身内として、縁座させられるであろう」

項垂れる鬼十郎を、じっと見据えていた遠山は、おもむろに言った。

「おまえができるのは、お花とキッパリ縁を切ることだ。実の兄でも妹でもない。お花も清吉も、そして幸助も与り知らぬところで、何もかもが行われていた……となる」

まるで事実を歪めるかのように、遠山は頷いた。

「そ、そんなことが……」

「少なくとも、お花母子には罪はない。評定所でも、『伊丹屋』の酒蔵は残すと決まった。村も元通りになるはずだ」

「でも、ふたりは……」

「お花と幸助が、おまえの縁者と書いた読売は間違いだと、この遠山が一斉に伝える。さすれば誤解は解け、これまでどおり酒造りに精を出すこともできよう」

「こ、幸助は……」

「まだ十三歳だ。しかも、何か罪を犯したわけではあるまい。未遂に終わったし、十五になるまでは罪を問われぬ。その年になれば店も継げる。後ろ盾は……うちの大間徳三郎が責任をもって為すことにする」

「大間の旦那……」

　不思議がる鬼十郎に向かって、遠山は微かに笑みを洩らし、

「実は、この裁きを提案してきたのは、大間なのだ……此度のことで一番の犠牲になったのは、お花と幸助母子だ。父親まで殺された。だから、なんとか助けてくれと」

「……」

「そのふたりのためなら、おまえもこれまでの罪を認めて犠牲になるであろうと、大間は確信している」

「――へ、へい……おっしゃるとおりです。どうぞ、妹を助けて下さいやし。それが、これまで何ひとつ救ってやれなかった、兄としての……罪滅ぼしです」

声を詰まらせて言う鬼十郎の横顔を、ずっと見つめ続けていたお花は、

「あんちゃん……そんなふうに思うことないよ、あんちゃん……私、ずっとずっと、あんちゃんに会いたかったんだもの……小さい頃は、誰からも私を守ってくれてた、あんちゃんだもの……」

とまるで小娘のように、さめざめと涙を流すのであった。

「では、最後に……これも、大間が提案したことだが、〝竜神の鬼十郎〟……おまえには遠島を申しつく」

「えっ……死罪じゃないですか……」

「行った先で飢えて死ぬかもしれぬが、五赦免花（ごしゃめんばな）が咲けば帰って来られるかもしれぬ……杢念和尚が殺生できなかった鬼十郎を、奉行の俺が殺すわけにはいくまい」

遠山はそう断じると、罪罰を言い放って、高座から立ち去るのであった。

　鬼十郎とお花は、悲しみと喜びが入り混じった涙目を交わし合った。そして、たまらず嗚咽を漏らしながら、いつまでもお白洲の上で見つめ合っていた。

　そんな様子を——ずっとお白洲の片隅から見ていた文治が、

「良かったですね、若……思い通りの裁決をして下さいましたよ。ねえ、もしかしたら、お父上の采配もあったのかもしれませんがねえ。少なくとも遠山様は……若の必死に訴えた姿に、大間栄太郎の姿を見たのでしょうな、ええ、きっとそうですよ」

　と誰にも聞こえないが、ひとりごとを呟いていた。

　爽やかな一陣の風が何処からか吹いてきて、文治の姿もスウッと消えた。

第四話　母を憎んで

一

堀切村（ほりきりむら）の一件から、堀部能登守は幕閣からも色々な取り調べがあったようだが、特に何も変わらなかった。

時三郎（ときさぶろう）からしてみれば、雲の上の人の話であるから、何の影響もない。だが、言いなりに動いていただけの下っ端（したっぱ）の役人は切腹させられ、老中や奉行らはのうのうと暮らしているのだから、怒りのぶつけようがなかった。

もしかしたら、自分もいつかそういう事態になるかもしれない。父親は定町廻り同心として、沢山の罪人を捕まえて刑場送りにしてきたが、どうしようもない悪党が世の中にはいくらでもいると話していた。

――ま、俺が考えても仕方がないことだが……そういえば、近頃、文治（ぶんじ）が現れていない。桜の店で飲んでいるときも来てないな。

と思いながら、夕映えの向こうにある堀川で、背中が少し曲がった文治が、ゆっくりと立ちあがる姿が見えた。生きていれば、そこで鮒釣りでも楽しんでいるはずだ。

――なんだか、急に老け込んだように見えるが、錯覚か……？　幽霊が年を取るはずもないしなあ。

文治は、時三郎の父親の岡っ引として三十年間、十手一筋で生きてきたが、死んでからが余生ということか。

大捕物もあったが、やはり多かったのはコソ泥の事件だ。別にコソ泥ばかりを狙って捕らえていたわけではないが、〝仏の文治〟と呼ばれ、咎人にも情けをかけていたから、自然の成り行きだったのであろう。

お縄にしたコソ泥を奉行所に引き渡したかというと、むしろ説教してから解き放った方が多かった。〝仏の文治〟ぶりは、盗っ人仲間にも知られていたから、暮らしに困って仕方なく罪を犯した者には、

「盗みが癖になると、しまいには人の命まで〝盗む〟……つまり殺すことになる。だから絶対に、小銭でも盗んじゃいけねえんだ」

などと話してやり、心を入れ換えて、まっとうな道を生きろと情けをかけていた。

　そんな文治のことを「甘っちょろい岡っ引だ」と思って、適当に謝るだけで、何度も同じ事を繰り返す者もいた。そういう輩には、

「仏の顔も三度までというからな。俺も仏と同じで三回までは見逃してやろうじゃねえか。だが、それ以上やると……」

　鬼のような形相になって厳しい仕置きをするのだった。

　八代将軍・徳川吉宗が編纂させた『御定書百ヶ条』の中にも〝再犯〟は厳しい処分になっている。世間は一度や二度の過ちは許すが、性懲りもなく悪事を働く者には鉄槌を下すものだ。

「世間という池の中で生きていけないほど辛く、惨めなことはねえんだぜ。世間様に認められて、ようやく人扱いされるんだ」

　何十人もの咎人を、少しでもまっとうな道に戻すのが、文治の願いだった。だが、血も涙もない極悪人も少なからずいる。徒党を組んで人の家に押し込み、殺しを働き、女を犯し、金を盗み去る。そういう輩には、同心が捕縛する前に、十手が血塗れになるほど打ちつけることもあった。

「そして、てめえの行く極楽はねえ。地獄に堕ちろ」

と言いながら、怒りを爆発させることもあった。それを時三郎の父親ですら、止められないほどになることもあった。

文治は所在なげに、ゆっくり立ちあがると、掘割の対岸にある宿屋『ひさご』に目を移した。旅籠（はたご）というほど立派ではなく、出合茶屋のような所で、昼間から理無（わりな）い仲の男女が秘め事をする所だった。

遊び人風の男が来て、その宿屋の暖簾（のれん）を潜（くぐ）ると――文治は隣にある油問屋の前に立った。そして、まるで時三郎が見ていたのを知っていたかのように、「こっち、こっち」と手招きをした。

「えっ……何事なんだ、文治……」

思わず、時三郎は文治の後を追うのだった。

油問屋に時三郎が入ると、そこには五郎八（ごろはち）がいて、文治の姿を追いかけるように、奥の部屋までついていった。

「あっしです。五郎八です」

五郎八が一丁前に声をかけると、部屋の中から襖（ふすま）が開いた。

なんと、そこには――。

北町奉行所の定町廻り筆頭同心の黒瀬光明と同心が二名、それに捕方が数人、待機していた。障子窓の外にも、夕闇の中、宿屋『ひさご』を取り囲むように、数人の捕方が身を潜めて構えているのが見えた。

「黒瀬様。例の男が『ひさご』に入って来ました。おそらく、二階に上がった所の部屋だと思います」

座って控えた五郎八が伝えると、思わず時三郎が、

「何の捕り物ですか、これは……」

と訊いた。黒瀬は五郎八を睨みつけて、

「大間には話すなと言っただろう」

「へえ。ですが、なぜか近くに来ていたので、てっきり黒瀬様が伝えていたのかと……」

「まあ、いい」

黒瀬は帯に刀を差し直しながら、

「あのような旅籠は、客の出入り口は幾つかあるはずだ。すぐに踏み込まないと逃がしてしまう……だが、五郎八。本当にそいつが、阿片の売り人に間違いないんだろうな」

「間違いありやせん。駒吉という遊び人で、あちこちに女がいて、風が吹くまま気が向くままに転がり込んでるようです」

「そんな浮いた話も今宵が限り。だが、踏み込んだら、またぞろ誰もいませんでしたってことはあるまいな」

半年余り探索しているが、江戸市中に出廻っている阿片の元締が誰か突き止めるために、売り人を捕まえようとしたが、何度も逃がしているから、黒瀬は心配したのだ。川船奉行と廻船問屋がやらかした罪は、知らぬ間に江戸中に広がっているということだ。

以前、阿片の密売で捕らえられた裏社会の大物や事件に関わった渡世人らを、黒瀬は洗い出していた。根っこは繋がっていることが多いからだ。だが、まるで町奉行所の動きが洩れているかのように、怪しい男たちはみんな姿を眩ましていた。

五郎八は、一人前の岡っ引と認められたくて、何日も聞き込みや張り込みを続けた末、駒吉を見つけたのだ。それは時三郎が、先般の廻船問屋絡みで調べた書類の中にもあった人物である。

「後は俺たちに任せて、五郎八、おまえはうちへ帰って、おふくろの面倒を見ておれ」

おふくろは、お久(ひさ)といい、五郎八を二十八の頃に産んだらしい。当時にしては遅い出産だが、年はまだ四十半ばなのに、近頃、物忘れが激しくなったらしい。

「えっ……五郎八。おまえは二親(ふたおや)はいねえはずじゃなかったかい。それで、文治に拾われて、面倒見てくれたって……」

「いえ、まあ……しばらく離れ離れになってたもので、へえ……」

「この前のお花といい……親子兄弟でも色々とあるのだな」

「旦那も父上や母上と早くに死別してますからね。それに、文治親分まで……お気持ちを察します」

「おっ母(か)さんは大丈夫なのかい」

「遠い昔のことは覚えているけれど、昨日のことは綺麗さっぱり忘れてしまう……養生所の先生に訊いたら、年寄りがなる病(やまい)だと。まだ、そんな老ける年じゃありやせんがね」

「なんで、俺に話さなかったんだ」

「余計なことで心配させたくなかったんで……」

五郎八は黒瀬に向き直って、

「どうか。この事件だけは、あっしにも関わらせてください。お願い致します。時三郎さんの手柄にもしたいんです」

「主人思いだな……ま、そこまで言うなら止めねえが、怪我しねえようにな」

黒瀬らしくない優しい声をかけた。

「よし、行くぞ」

と黒瀬が廊下に出た時である。時三郎が慌てた様子で懸命に止めた。

「く、黒瀬様、しばし、お待ち下さい」

「どけ。邪魔をする気か」

時三郎は、傍らに現れた幽霊の文治が言うままに伝えた。

「今し方、妙な女も入って行きました。粋な姐御風のちょっといい女です」

「なに……そんなもの、おまえがいつ見たんだ」

「えっ。さっき見たんです」

「だったら駒吉の女かもしれぬ。手間が省けた。一緒に御用だ」

「そうではありません。あの女、何処かで見かけたことがあるんです。ですが……思い出せないんですけれど、たしかに」

「話にならぬ。おまえは本当に役立たずだな」

黒瀬は苛ついて言った。時三郎はチラリと文治を見てから、

「待って下さい、黒瀬様。ひょっとしたら、罠かもしれないとのことです」

「……とのことです。おまえ、誰と話してるんだ」

「あ、でも本当に罠かもしれません。でないと、駒吉が人目につくのを承知で、うろついてるわけがありません……とにかく、まずは女を調べますから、今、乗り込むのは……」

「俺に命令するな。少しくらいお奉行に目をかけられてるからって、いい気になるのではないぞ。どけ！」

黒瀬は大きな体で時三郎を押し退けると、勢いよく油問屋から出ていった。そして、隣の宿屋『ひさご』の暖簾を潜った黒瀬は、同心や捕方たちを引き連れて、

「北町奉行所筆頭同心、黒瀬光明だ！　駒吉！　いるのは分かってるのだ！　阿片につき、厳しく取り調べるゆえ、大人しく出て来て縛につけ！」

返事はない。宿屋の主人や女将、奉公人たちすら出て来ない。

「逆らっても無駄だ。この宿は取り囲まれておる」

目を吊り上げた黒瀬は「踏み込め！」と捕方たちに命令した。

「――まずいですぜ、若……」

文治は必死に言ったが、時三郎は引き止めることはできなかった。黒瀬たちは階段を駆け登った所の部屋に踏み込んだが、そこには布団が敷かれているだけだった。

「ま、またか……！」

駒吉が入ったのは、文治のみならず、時三郎も五郎八も見ている。姐御風の女が来たのを見たのは文治だけだが、宿屋の者までいないのは妙だ。黒瀬は手下を散らせ、厨（くりや）や離れなども店内を隈無く探させたが、誰もいなかった。

「——しまった……！」

黒瀬が床の間にある置物を除けると、そこには壁に挟まれた階下に抜ける細い階段があった。そこから別の堀割に通じており、商家の石蔵が並ぶ小径に繋がっていた。

「舟を使いやがったな……しかし、妙だ。この辺りも見張りを置いてたんだが……」

顔を真っ赤にした黒瀬は、十手で壁を叩きながら、

「またしても逃げられた……！」

と怒りに任せて怒鳴った。だが、時三郎は、文治から言われるまま冷静に、

「まだ手掛かりはあります……駒吉が塒にしている女たちの住まいも、目星をつけております。もう一度、仕切り直しを願います」

「おまえ、いつの間に調べていたのだ」

「あ、ええ……これでも定町廻り同心ですので、はい」

時三郎は頭を搔きながら、文治に目顔で済まぬと頷いたが、黒瀬の怒りよりも気になっていたのは、

——何故、町方の動きを知られて逃げられたか。

ということだった。

今度は『ひさご』の店の者たちも関わっているに違いない。だからこそ、あえて、ここに黒瀬たちを引き寄せておいて、仲間共々逃がしたのであろう。

「それにしても……ええと、誰だったたっけなあ……後から来た女は……」

と思い出せないでいる文治こそ、ボケたのではないかと、時三郎は不安になった。

二

深川は小名木川の船番小屋に、駒吉の姿が現れたのは数日後のことだった。船番小屋と言っても、以前に使われていただけで、足場の板も半ば腐りかかっているような、人気のない所だ。雑木林に囲まれているので、表通りからはよく見えなかった。

船着場に来た駒吉は、商人風の羽織をきちんと着ており、先日とは別人のようだ。町方に尾けられている気配もない。

そこに、ゆっくりと小舟が近づいて来た。船頭が櫓を漕ぎ、編笠の浪人者がひとり乗っているだけだった。船着場に接する小舟から浪人者が降りると、駒吉は卑屈そうに頭を下げた。

船頭はすぐに離岸して、川の流れに任せるように遠ざかると、駒吉は謙った態度で、

「この前は助かりやした。旦那のお陰です、へい」

と挨拶をしたが、編笠の浪人者は無表情で冷静な態度で、頷いただけであった。

「今月、捌いた分です。三百五十両程ありやす。そのうち約束の二十両を戴きました」

袱紗を差し出すと、浪人者は黙って受け取ったが、素早く刀を抜き払うなり、バッサリと駒吉を斬り捨てた。

「うわッ……ど、どうして俺を……」

「おまえは町方に顔を知られ過ぎた。用済みってことだ」

と袱紗を懐に入れて、浪人者は駒吉を蹴倒そうとしたが、しぶとく突っかかって来た。

「ち、ちくしょう……こんな所でくたばってたまるか……」

必死にしがみついた駒吉の手が、相手の編笠をめくり取った。振り払おうとした浪人者の手も、駒吉の血で濡れた。

「貴様ッ、死ねいッ」

もう一度、相手の腹を差し抜いた浪人者は、そのまま駒吉を蹴倒して川に落とした。

ジャリっと音がした。

浪人者が気配に振り返ると、雑木林の中に、凍りついている中年女が立ってい

る。ぼんやりした顔で、何があったのか判断できない様子で、浪人者の方を見やっている。とっさに編笠で顔を隠しながら、

「――女……見たのか」

と近づきながら、血が拭えていない手で刀を摑み直し、浴びせるように振り上げようとした。

「ひ、人殺し……！」

驚愕しつつも、気丈に声を発しようとしたが、目の当たりにした光景に恐怖を覚え、膝が震えているだけだった。浪人者は必殺の構えで駆け出すと、中年女は悲鳴を上げながら、翻って逃げ出した。砂利や切り株などで下駄が弾き飛ばされながらも、中年女は必死に逃げるしかなかった。

どんどん浪人者は近づいて来る。やむなく、薄暗い雑木林の中を、中年女は必死で逃げ続けた。胸がぜいぜい苦しい。振り返ると、顔ははっきり見えないが、大きな体の浪人者が一直線に突き進んで来ていた。

「だ、誰か……」

と叫ぼうとするが声にならない。必死に逃げる中年女の目に、急に開けたような明かりが、木々の間から差し込んで来た。

その先は町通りだ。往来が見える。人々の声や賑わいが耳に飛び込んで来る。

「──た、助けて……」

前のめりになって、中年女は通りに飛び込むように倒れた。

途端、目の前の緩やかな坂道に、大八車が転がってきて、中年女を跳ね飛ばした。近くに居合わせた出商いや職人らが、危ないと声を張り上げたが、次の瞬間には、ぶつかった鈍い音がして、勢いよく横転する大八車に挟まれるような形で倒れた。

「大丈夫か！」「しっかりしなせえ」「急に飛び出して来てよ」「誰か手を貸せ」

などと飛び交う声が、意識が薄くなる中年女の耳から遠ざかっていった。

離れた林の木陰からは、浪人者が凝視していたが、雑踏を押し分けるようにして、自身番の番人たちの姿が現れた。

「……チッ」

浪人者は舌打ちをしながら木陰に身を隠し、人に見られてはまずいとばかりに、退散するのであった。

八丁堀の組屋敷の外れの一角に、小さな長屋がある。ここには、文治や五郎八のような岡っ引が住んでおり、御用長屋などとも呼ばれていた。

一番奥の部屋が、五郎八の部屋である。文治の世話になっていたときから住んでいるのだが、最近、何年かぶりに再会した母親のお久も同居していた。そこに、五郎八が帰って来た。

「おふくろ――！」

部屋で寝かされているのは、先刻、小名木川河岸近くの坂道で大八車に跳ね飛ばされた中年女だった。頭には包帯が巻かれている。枕元では、時三郎が心配そうな顔で座っていた。お久は死んだように眠っており、五郎八が声をかけても、ピクリとも動かなかった。

五郎八は時三郎に一礼すると、母親の顔を覗き込んだ。顔も激しく打ったのか、痛々しく腫れている。文治は泣き出しそうになったが、ぐっと我慢をしていた。

「大八車の前に、おふくろさんが飛び出したらしい。幸い緩やかな坂で、荷物も大してなかったから、さほど大怪我ではなかった」

「……」

「車輪止めがキチンと掛かってなかったのだろう。大八車で人を死なせたら死罪だ。怪我でも遠島にだってなる。不幸が重なったのだろうが、運良く助かった」

「ありがとうございます。でも、どうして、若が……」

「自身番の番人が身に付けていた物を調べたら、財布の中に、自分とおまえの名前、そしてこの長屋のことを記した紙があった」

「そうなんですか……」

「もしかしたら、自分でも物忘れしやすいと思って、書き留めていたのかしれぬな」

　時三郎は番人らから聞いた話を伝えて、

「医者の見立てでは、頭を少し打ったようだが、荷車が溝にはまって横倒しになったので、轢き潰されなくて済んだ。命には別状ないそうだ」

　五郎八はほっと安堵して、

「大八車とぶつかったのは、中川船番所がある近くだが、見ていた者の話じゃ、弁天稲荷の方から飛び出して来たって言うんだ」

「弁天稲荷……」

「誰かに追われていたようにも見えたそうだが、心当たりはないか」

「いえ、まったく……」

「そもそも、なんで、そんな所まで行っていたのだ、ひとりで」

「分かりません……一体、どういうことか」

　本当に心当たりがないと五郎八は答えた。十手持ちだから、誰かに逆恨みをされることもあるだろうが、母親が来たのは最近のことだし、ふたりが親子であることを知る者も少ない。

「しかし、五郎八が気づかなくても……まあ、いい。とにかく、御用のことはしばらく置いておいて、面倒を見てやれ。後は、文治に任せるから」

「えっ……」

「おまえとおふくろさんを、神様がふたりきりにしてくれたと思ってよ。黒瀬様も、そう言ってたし、ゆっくり面倒見てやるんだな」

「でも御用が……」

「心配するな。そんなに俺があてにならないか」

　五郎八がありがたくて頭を下げた時、桜が飛び込んで来た。

「あら、若もいたんですか」

　京橋大根河岸の『おたふく』から、駆けつけてきたのだ。桜は文治の娘だから、五郎八から母親のことを聞いていた。事故に遭ったと聞いて、心配して来てみたのだ。桜は自分の母親の様子を見るかのように、

「五郎八さん……ひとりで大変だろうから、うちに来ててもいいわよ」

「ありがとうございやす。でも、大丈夫です、へえ……」

　迷惑はかけられないという感じで、五郎八は言った。桜としては、何とか力になりたいと思っているようだった。五郎八は感謝の言葉を述べて、

「若にはまだきちんと話してませんでしたが、早くして亡くしたのは、育ての親……このお久が産みの親なんです」

「そうか……」

「母親とは、五歳くらいから会ってませんでしたが、ひょいと目の前に現れまして、あっしが身許引受人に……」

「……」

「そんな年でもねえのに、頭も体も弱って来まして、物忘れが酷くなってます。小さい頃、俺のことを散々、虐めたこともすっかり忘れてて……」

「虐めた……？」

　時三郎は引っ掛かったが、五郎八は首を横に振って、

「あ、いえ、その話はいいんです……物事の善し悪しは分かるようですが、用もないのにふらふらと出かけて、帰り道を忘れることも……まるで年寄りです」

「とにかく、思う存分、面倒見てやんな」

時三郎は同情のまなざしで、お久の寝顔を見下ろしたが、桜も同じように、

「とにかく、嫌なことはぜんぶ忘れさせてあげればいいじゃないの」

五郎八の背中を軽く叩いた。

「おっ母さんがいなかったら、あなたはこの世にいないのだから、もう恨みっこなしで……私も手伝うからさ」

深い事情がありそうだが、時三郎にはよく分からないことだった。此度の阿片の一件とは関わりがあるのかどうか分からぬが、時三郎も胸に留めておいた。

ふと気配に気づいて振り返ると、文治が外の木陰に、うっすらと薄い姿で立っている。手招きをしているので、

——またぞろ何かあったな。

と時三郎は、十手を差し直して立ちあがった。

三

小名木川と大川の合流する辺りで、駒吉の土左衛門が浮かんだというのだ。船

着場に引き上げられている亡骸を、すでに来ている黒瀬が検分をしていた。履き物は川に流されたのか、片方が脱げていた。

傷口は二ヶ所だが、いずれも刀傷であることは一目瞭然で、腹部を突き抜いたのが致命傷になっている。川に落とされてからも藻掻き苦しんだのか、顔が醜く歪んだままだった。

「――仲間割れか……」

黒瀬は傍らにいる定町廻り配下の加藤や岸川、橋本らに、

「斬られた傷から見て、侍がやったことは間違いあるまい。雇った奴か、阿片の元締に殺されたか……」

と背後から口を挟んだのは、南町奉行所・吟味方与力・高桐善之介であった。まるで相撲力士のような体軀で、異様なほど鋭い眼光は、黒瀬も引けを取るほどだった。吟味方ゆえ、小さな罪も許さないという厳格な男だとの評判だった。

「後はこっちで調べる。下がってよいぞ」

相手は与力である。黒瀬は一歩譲って、高桐に土左衛門を見せた。駒吉という阿片の売人だということや、背後にいる元締めなどを探索中であることを黒瀬は説明したが、高桐はジロリと睨んで、

「承知しておる。俺に任せろ」

「ですが高桐様。こやつは今、言ったとおり、阿片のことで北町が長い間、調べていた奴なのです。つい先日、隠れ家にしていた宿屋で捕らえようとしたのですが、逃げられてしまいましてね」

「逃げられた……そのせいで殺されたというのか」

「まあ、そういうことになりますか……」

黒瀬がためらうと、高桐は睨みつけながら、冷笑を浴びせた。

「だったら、尚更、南町に任せて貰おうかな」

「お言葉ですが、先だっては、南町の同心が阿片絡みの事件に絡んでいて処分されました。やはり北町が扱うのが筋かと……」

高桐は唸るような溜息をついた。かなり苛々としているようだ。気が短くて、気に入らない同心をすぐに罷免するような男だった。御家人ではあるが、松平家一門に連なる旗本から婿養子で出た身であるから、周りは気を遣っていたのだ。とにかく、どんな悪も許さぬ信念の持ち主だと、町奉行内では知られていた。

黒瀬は自分たちの探索に関わる詳細は避けて、懸命に訴えた。

「……高桐様、駒吉を殺した奴を探し出せば、阿片の元締も引きずり出すことができるのです。いずれ、南町の手も借りますが、今のところは、こちらで……」

「阿片のことなら、こっちも探っておる。うちの同心が関わっていたのだから尚更だ。いずれ、遠山様と鳥居様が共に探索をする手筈になっておる」

「えっ……そうなのですか？」

「こうして、大事な証人も殺されるとは、黒瀬……おまえたちの落ち度と言われても仕方があるまい」

「さようですね……では、どうぞ、ご随意に調べて下さいまし」

と黒瀬はあっさりと、相手に探索の権限を譲った。もちろん、本気で阿片の事件を諦めたわけではない。この場は取り繕うしか手がなかったのだ。

黒瀬が時三郎ら配下を引き連れて立ち去ると、間合いを計ったように、粋な姐御風の女が近づいて来た。誰も気づいてはいないが、それは文治が『ひさご』の前で見た、その女であった。

「――あいつですよ……」

文治が小声で、時三郎に声を掛けた。囁かなくても誰にも聞こえないのだが、時三郎は立ち止まって振り返った。高桐からは見えないように物陰に隠れて見ていた。

「何している、大間。いいから来い」

黒瀬に命じられたのを聞いて、文治は頷いて、

「若は行って下さい。あっしが様子を見てますよ。あの女が誰かも思い出したいし」

と高桐の方に近づいた。

「――どうだ。大方、調べはついたか」

女はどうやら、高桐の手足となって動いているようであった。岡っ引とは違って、髪結（かみゆ）いや芸者などの女を密偵として使うことは、よくあることだった。

「あちこち調べ歩いてるけれど、まだハッキリ分からないんですよ」

「暢気（のんき）なことを言うな。さっさと始末しないと、お凜（りん）……おまえも終（しま）いにするぞ」

すぐ側まで来て見ていた文治は首を傾（かし）げて、

「どっかで見たことがあるような……」

と呟（つぶや）いた。むろん、誰にも聞こえない。

お凜は困惑したように目を細めたが、高桐のことを本気で恐れている節（ふし）はない。

「あら恐い。そうならないようするから、もうちょいとお待ち下さいな」

「この前の中年女は、俺の顔を見たはずだ」

「……」

「後で調べを入れてみたら、北町の大間徳三郎という定町廻りの同心と関わりがあった。奴が手札を与えている五郎八という岡っ引のおふくろらしいのだ」

「岡っ引の……」

「大間のことも手の者に探りを入れさせてみたが、どうも要領を得ぬ……ひょっとすると、何か勘づいたのやもしれぬ」

「まさか。まだ若い間抜けな同心という噂ですよ」

「どうだかな。奴の親父は北町にその人ありと言われた大間栄太郎だ……それに、遠山左衛門尉が直々に定町廻りに命じたらしい。腑抜けの割には事件探索をキチンとやっている」

「そうですかねえ……」

「油断すると大怪我をするぞ。奴は必ず何か握っているに違いあるまい。絶対に気取られぬように探ってみろ」

　小声で伝えた高桐は、鋭く目を細めて、〝自分が斬り捨てた〟駒吉の亡骸を、何の感慨もなく睨みつけていた。

五郎八は長屋で、母親の面倒を見ていた。お久に襲いかかったのが、まさか南町奉行所の吟味方与力だとは露ほども思いもせず、治療に専念していたのだ。

お久はよく眠気が襲ってきて、死んだように寝ては、うなされて起き上がることもあった。目が覚めるたびに喉が渇いているのか水を欲しがり、飲んでしばらくすると何事もなかったようにまた眠る。

起きている間は、夢遊病者みたいに、ぼんやりと部屋の中や、障子窓から裏庭を眺めたりしていた。そして、雑炊や薬草茶などを口にして、また床に横になるのであった。

この日の朝は、起きあがったお久の目つきが、いつもと違っていた。射るように五郎八を見つめている。怪我の具合は良くなったようだが、日に日に表情は暗くなっていた。

「やっと気づいたようだな……ここの何日かは、まさに夢の中にいたようだがな」

立ち上がろうとするが、ずっと横になっていたせいか、思うように動けない。

五郎八はその背中を支えて、

「どうだい。頭はまだ痛えか？」

お久はぼうっと五郎八の顔を見つめている。

「大した怪我じゃなくて良かったが……」

と五郎八は頭や手首の包帯を締め直してやりながら、

「まあ、とにかく助かったのは、神仏のお陰だな、おふくろ」

「おふくろ……」

不思議そうに五郎八を見たまま目を離さないお久に、

「焦ることはねえ。必ず治るからよ。ああ、ちょいといいものを作ってたところなんだ。おふくろの好きだってえ深川飯だ」

と軽い足取りで台所の土間に降りて、竈の鍋にかけていた土鍋の様子を見ながら、

「長屋の人が浅蜊を沢山くれたんでよ、あまり上手くはできなかったが、桜さんに教えて貰いながら、煮物やあら汁も作ったんだ。大間の若旦那も心配してるから、早いとこ、良くなってくれよ」

と話しかけながら手を動かした。

家で自炊するのは珍しいことだ。独り者だし、大概は外で済ませるか、時三郎

とともに『おたふく』で世話になっている。誰かのために飯を作ることなど初めてである。

「——ええと、ここは……何処ですか？」

天井や壁を見廻しながら、お久はぽつりと言った。

「まだ夢の中かい。うちじゃねえか。もっとも、ここに来てまだ一月と経ってねえがな。慣れるまでには時がかかるからあな」

五郎八は慰めるように言ったが、お久は布団から出ると、中年女とは思えないほど、ぼんやりとした顔つきで、

「……あなたは、どなたですか？」

深川飯をよそっていた五郎八は、不思議そうに振り返り、土間から上がって、

「どうした、おふくろ。また酷くなったのかい」

「——私は誰ですか……」

「しっかりしてくれよ。おふくろは、お久。そして俺は息子の五郎八」

じっと食い入るように五郎八の顔を見つめるお久は、不安に満ちている。もっとも、五郎八にしてみれば、五歳の頃に別れた母親の顔など、おぼろげにしか覚えていない。

「俺のことが分からねえのかい？」

「……分からない……分からない！」

耳を押さえて首を振るお久の仕草は、もはやふつうの人間ではなかった。何十年も見ていた顔ならば、五郎八も情愛を感じるかもしれないが、顔はハッキリとは覚えていない。しかも、自分に〝虐待〟を繰り返し、一歩間違えれば殺されるところまでしていた母親だ。

「てことは、おふくろ……俺にした仕打ちも忘れちまったのかい……」

五郎八はふつふつと怒りが湧いてきた。そして、背中に熱湯を掛けられた夜の母親の顔を、ヒリヒリと肌に感じながら思い出すのであった。

お久は頭を抱えて、悲痛な顔で俯（うつむ）いていた。

四

縁側でポツリ座っている五郎八の背を、桜が軽く叩いた。部屋では、お久が横になっている。それを見ながら、

「五郎八さんがしっかりしなきゃ、おっ母（か）さん、誰が面倒見るんだい」

「ありがとな、桜さん……でも、俺はもうなんだか、自信がなくなったよ……考えてみりゃ、瞼の中に残っているおふくろの顔ってなあ、目を吊り上げて怒っているだけでよ。しかも竹や棒で俺のことを叩いてばっかりだ」

「……」

「一番酷いのは、湯を俺にぶっかけてきたことだ。竈にかかってた煮えたぎった薬缶の湯だ……必死で避けたが、もろ背中にかかった……隣のおばさんが手当してくれて、医者に連れてってくれたけど、今でも紫色に爛れたまんまだ」

「大変だったんだねえ……」

「ああ、大変どころか、恐かったよ……言うことを聞かねえと、縄で縛られて、猿轡も嚙まされて、一晩中床下に置いとかれる。真っ暗で、みみずやムカデが這っているような所にだ……なのに、余所の人には、『うちの五郎八を見ませんでしたか？』などと平気で聞いてやがる……もう恐怖でしかなかった」

「——其の話、お父っつぁんからも聞いたことがあるよ。それで、五郎八さんは母親から引き離されて、遠縁の子供のいない夫婦に預けられたとか」

同情の目で、桜は五郎八を見つめた。

「おふくろが、なんであんなことをしたのか分からねえが……俺の親父は、どっかに女がいて、ずっとそっちで暮らしてたから、心が参ってたんじゃないかって思うけど、そんな程度じゃなかったな。元々、おかしな女だったんだよ」

目の前にお久がいるのに、五郎八は平然と話した。

「でも、五郎八さんが諦めたら、おっ母さん、誰も助けてくれないよ。私たちも手伝うから、ほら、元気出してさ」

励ます桜だが、五郎八は落ち込んでしまいそうだった。母親が自分の顔すら忘れてしまったからではない。子供の頃、酷い目に遭わされたのに、また苦労させられるのかと思うと、嫌になるくらい心がくさくさしてきたからだ。

五郎八のことをすっかり忘れたのは、先日の大八車の事故のせいか、それとも前々からの物忘れが進んだのか、医者の見立てでもはっきりしなかった。長年一緒に暮らしていないとはいえ、母親を赤の他人にしか見られない五郎八の姿に、桜は心から同情していた。

「――俺は、どうすりゃいいのかな……」

神棚に飾っている十手を見上げて、五郎八は深い溜息(ためいき)をついた。この十手は、時三郎から正式に貰ったもので、まだ真新しい。

「これから若と一緒に、一生、使い込むつもりだけど……なんだか、おふくろのせいで、ケチがついちまった気がしてな」

　お久が突然、五郎八の前に現れたのは、ほんの一月程前のことだった。その時には、まだ五郎八のことを覚えており、昔酷い目に遭わせたことを詫び、背中の火傷のことなども心配していた。

　長年、酒を飲み続けていたのか、ふらふらと歩いて怪我をしたところを、ある町医者に助けられた。身許を明らかにする道中手形などを持っており、自分で五郎八のことを話したのだ。

　五郎八が岡っ引になっていることを、風の噂に聞いたとのことだったが、十何年もの間、自分を探していたとはとても思えない。

「おそらく、おふくろは行くところがなくなったんで、俺を最後に頼ろうと思ったんだろうな」

　それはそれで仕方がないと五郎八は、一度は覚悟を決めたものの、こんなに急に記憶をなくして、しかもあちこち徘徊するとなれば、自分ひとりでは背負いきれないと感じた。

「だったら、若にもちゃんと話して、むしろ、うちで面倒見ますよ。あんたを引き取ったのは、お父っつぁんなんだから、そのおっ母さんのことも……」

「そんな迷惑ばかりかけられやせんや。それに……」

「それに……？」

「もしかしたら、おふくろは阿片をやってたんじゃねえかって……そんなふうに感じたんだ。言葉遣いとか、目の動きとかで」

「だから、五郎八さんはムキになったように、阿片の一件を……どうして、そのことを若にちゃんと話さなかったの」

「迷惑かけたくねえし、俺のおふくろがもし阿片をやってたら、若にも色々と厄介事が降りかかると思って」

「言わなきゃ、余計、迷惑がかかるよ」

「――そうかな……この間に、おふくろの様子は少しずつ変わって来たし……早めに対処をしておれば、もう少しマシになっていたかもしれないし、徘徊をするようなこともなかったかも……」

五郎八はまるで自分を責めるように言って、

「それにしても、なぜ深川なんぞに行っていたんだろう……」

そのことも今更ながら気になる五郎八であったが、いきなり起き上がったお久は、ふたりをじっと見ながら、

「ええと……どなたさんたちでしたかね……そこに十手があるけれど、御用聞きの親分さんなんですか」

と訊いた。

いよいよすべてを忘れたかのような表情である。自分のことや人の名前、顔を忘れても、暮らしに関わることを覚えているのが不思議である。五郎八は憐れみを抱きながらも、

「そうだよ。大間徳三郎さんて、北町同心の旦那にお世話になってるんだ」

「北町……」

「ああ。おふくろには縁がないだろうが、文治さんて親分に拾われて、半人前だがなんとかやっていけてる」

そう言う五郎八を援護するように、

「文治っていうのが、私のお父っつぁんですから、五郎八さんとも兄弟みたいなものです。大間の若もね」

と桜も微笑(ほほえ)みかけた。

「ああ。〝仏の文治〟って人でな。面倒見が良かったから、江戸中には文治親分のことを、お父っつぁんと呼ぶ者がいるんだ」

「そうだよ。おふくろ……焦ることはない。ここも文治親分が住んでたんだ。だから、おふくろも自分の家だと思って、ずっと暮らしていっていいんだぜ」

五郎八はガキの頃のことを恨んでいても仕方がないと思い、お久の手を取って、坪庭にある植木鉢を見せたりした。

「つましい暮らししかできねえが、こうして再び会えたんだから……なあ、おふくろ」

また不思議そうに見やるお久に、五郎八は優しく声をかけた。

「嫌なことはぜんぶ忘れて、新しい人生を生きてってくれ。まだ若いんだからさ」

お久は、ぼんやりと鉢植えを眺めながら、

「……あの鉢植えの花は、自分の名前を知っているのかねえ……」

と呟（つぶや）いた。

五郎八と桜も顔を見合わせて和（なご）やかに笑い合った時、誰かが訪ねて来た。

「おや、桜さん。来てたんですか」

「お里さん……ご無沙汰ばかりで失礼してます」

近くの小間物問屋の女将（おかみ）である。

亡くなった文治は無粋（ぶすい）ではあったが、朝顔や菊などの鉢植えだけは大切にしていた。別に自分が好きなわけではないが、女房が好きだったから、亡くなってからも世話をしていたのである。そして、文治が亡くなってからは、五郎八が面倒を見ていた。

「そろそろ、鉢と土を取っ替えた方がいいかと思ってね。でないと根腐りしちゃ困るからさ。ほら、これに移し替えたら」

お里は縁側に座っているお久にも声をかけた。五郎八の母親が転がり込んできていることも、お里は知っていた。

「お久さん。忘れ物ですよ」

と小さな風呂敷包みを差し出した。

「忘れ物？」

五郎八の方が訝（いぶか）しむと、お里が風呂敷包みを開いて見せた。そこには縞模様の鉢が、ふたつ入っていた。

「この前、うちの店に来た時にね、忘れて行ったんです。これは私たちからの、親子の再会のお祝いってことで」

お里が差し出した鉢を見ると、お久は笑顔で近づいてきて手に取った。愛おしそうに眺めながら、

「まあ、綺麗なお鉢……」

「ええ。あなたが気に入ったのですよ。裏庭の鉢植えは欠けてて、可哀想だって」

「え……？」

キョトンとなるお久を見て、お里はすべて承知しているかのように、

「会う度に酷くなるね……でも、五郎八さん、大切にしてお上げなさい。だって、たったひとりのおっ母さんなんでしょ」

と言った。

五郎八としては何とも答えられなかったが、お里の親切心は分かっていた。お久はその鉢を初めて見るように、掌に載せて眺めている。そんな母親の姿を目の当たりにして、五郎八は呆れたように、

「鉢植えが好きだなんて、思ってもみなかったよ。俺にはぶん投げてただけだから」

「ええ……？」

「いや、なんでもねえ。お里さん、ありがとうね。おふくろより、文治親分が喜んでいると思うよ。親分たちは丁度、三十年連れ添ったことになるんだ。ふたりとも生きてりゃね」

五郎八が言うと、桜も手を叩いて、

「そうだ。そうだね……五郎八さんの方がよく覚えてる。娘の私より、ははは」

「じゃ、これは夫婦茶碗ならぬ、夫婦鉢ってことで、これからも大切にして下さい」

お里はそう言ってから、表情が少し曇って、

「後で人から聞いて分かったんだけれど、お久さんは、うちに来た帰りに大八車にぶつかったそうなんですよ。もし、持って帰ってたら割れてたかもしれませんね」

「その日に……」

「ええ。でもね、その時、息子の湯呑みが欲しいというので、見せていたら、『これを下さい』って、それだけ持ってったんですよ。ちゃんと箱に入れて渡しました」

「それも持ち帰ってねえ。お里さんの店は、すぐそこだ……俺の湯呑みを持った

まま、なんで、おふくろは、そこから深川の方に向かったんだろうな」

五郎八は首を傾げながら、嬉しそうに鉢を手にしているお久を見ていたが、

「ひょっとして、おふくろ……」

五郎八は何か閃いたのか、岡っ引の目つきになって立ち上がった。そして、桜におお久のことを頼んで、十手を掴むと長屋から飛び出して行った。

五

五郎八が、弁天稲荷の近くの林の中から、お久が落としたであろう風呂敷包みを見つけたのは、それからすぐのことだった。拾い上げて開けてみると、桐箱の中には、やはり割れた茶碗が入っていた。

「おふくろは誰かに追われていた……そう見えたって言った人がいたが……」

胸騒ぎがした五郎八は、お久が誰から逃げることになったのか、調べなければならない――そう思ったとき、人の気配に振り返ると、そこには時三郎が立っていた。

「わ、若……どうして、ここへ……」

「文治から聞いてな」

「……」

「おふくろさんが怪我したって聞いた時、もっと調べるべきだったな、俺も」

「とんでもねえ。若も俺も、阿片の一件でそれどころじゃなかった。それに、せっかく俺たちが押さえた宿屋から消えた駒吉も、誰かに殺されやした」

「うむ。その宿屋の者たちも、仲間に違いないことは、その後の調べで分かってきた。実はもう一年程前から、『ひさご』を買い取っていた奴がいたのだが、そいつも消えた」

「ええ。ですから、あっしの母親のことなんざ……」

「いや……しかし、誰かに狙われる心当たりでもあるのかな？」

「それはねえとは言えやせん。だって、俺の知らない時の方が長いんですからね」

五郎八は溜息交じりに答えた。

「けど、若……おふくろが、ここで何かあったことは確かだ。追われていたとしたら、一体、誰に……余程のことがあったに違いねえと思いやす」

「うむ……」

時三郎はさりげなく辺りを見廻していると、ぼんやりと文治の姿が浮かんだ。

三十年以上も十手を預かっている岡っ引の経験なのか、事件の核心に迫るかのように、ふたりに近づいてきた。

「――文治……」

一方を見て声をかける時三郎に、五郎八はまたいつもの癖だと思いながらも、

「若……もういい加減、成仏させてあげたらどうですか。俺じゃ駄目なんですか。俺はそんなに頼りにならねんですか」

「いや、そうじゃない……」

幽霊の文治が歩いていく方に、思わず時三郎は追いかけた。仕方なく、五郎八もついていった。すると、文治が突然、しゃがみ込んだ。折れた枝に血が染みついているのだ。

すっかりと乾いていて、人のものかどうかは分からないが、文治は数え切れないほど殺しの検分にも立ち合っている。ここが殺しのあった所だと確信して、時三郎に向かって頷いた。

「――まさか、おふくろが見たのは、殺し……!?」

不安が当たったかのように、五郎八は時三郎に目を向けた。

「そう考えて間違いなさそうだな。だが、もしそうなら、ここで殺しをした奴は、おふくろさんを狙っているかもしれぬ。下手人の顔すら覚えていないにも拘わらずにだ」

「わ、若……」

「奉行所には俺から知らせて、ここいらをもう一度、根こそぎ調べ直す」

ふと近くの小名木川の方を見やると、船止めの杭に雪駄が引っ掛かっていた。

その翌日――南町奉行から出て来た高桐に、時三郎は近づいて頭を下げた。

「誰だ……？」

わざと知らぬ顔をして見やる高桐に、時三郎は丁寧に礼をして、

「北町奉行所の定町廻り同心の大間という者でございます」

「ああ……なんだ」

高桐はその顔も大間栄太郎の息子であることも承知しているが、素っ気なく返した。時三郎は低姿勢のまま尋ねた。

「駒吉なる遊び人のことですが……下手人がまだ見つかってないそうですね」

「……」

「南町で探索すると言いながら、何も進展していないので、うちの黒瀬様も残念がっております……それとも、高桐様は吟味方ですから、何もしていないのでしょうか」

「無礼な奴だな。吟味方与力が定町廻り方同心に、事件探索を命じるのは当たり前のことだ。しばらく待っておれ」

「下手人探しなら、深川の弁天稲荷あたりを調べてみればどうかと思いまして」

「なんだと……」

「他にも御用があるのは百も承知ですが、同じ町方として一刻も早く事件を解決し、仏を往生させてやりたいんです」

「若造……おまえは何を言っているのか分かっておるのか」

「駄目でしょうか……実は、これを見つけたのです」

時三郎は風呂敷に包んでいた雪駄を、高桐に見せて、拾った場所を伝えた。

「駒吉が履いていたものです。土左衛門（どざえもん）で上がった所には私もいましたので、片方の雪駄の鼻緒の模様や色を覚えてます。一応、駒吉の女にも確かめましたが、付き合わせてみて下さい」

「……」

「さらに、その近くには血の痕（あと）がありました。今一度、調べた方が宜しいかと」

見上げる時三郎を、高桐は睨んでいたが、

「できないのでしたら、また探索を北町に戻して貰っても構いませんか」

「――分かった。案内せい」

文治が見つけた血の痕跡（こんせき）がある林に連れて行った時三郎は、じっくりと高桐にその辺りを見させた。

「うむ。たしかに血だな」

と高桐は頷きながら、目を光らせた。

自分が手にかけた駒吉の血であるにも拘わらず、淡々と調べるふりをしていた。

もちろん、時三郎は疑ってはいるものの、高桐は気取られないように振る舞っていた。

「どう思われますか」

「うむ……大間。おまえは、これが駒吉のものだと言うのだな。調べてみる価値はありそうだが、誰の血かまでは……」

「いえ。駒吉の血なんです」

淡々とだが、あまりにもハッキリと物言う時三郎に、高桐は戸惑った。遠山奉行と繋がる噂はあるが、まだ半人前という声しか耳にしていない。もっとも、父親は切れ者だったから、気がかりではある。

「確かな証しでもあるのか」

「これです」

時三郎は、さきほどの雪駄を見せた。

「高桐様も当然、ご存じですよね。自分でお調べになったのですから。履き物が片方あったかなかったかは。殺しか自害、あるいは心中の区別をつけるのに、履き物のあるなしは存外、大切なことです。もっとも、胸を刀で突かれていたのですから、殺しです」

高桐は微かに眉が動いた。時三郎はそれを見逃さず、淡々と続けた。

「いずれにせよ、血の痕があり、駒吉の雪駄がここで見つかったということは、殺された所はここで、小名木川から流れて大川との合流地点で見つかったのです」

「さもありなむ。目の付け所は良い」

と高桐は頷いて、

「その雪駄が駒吉のものかどうか、すぐに付き合わせてみよう」

「先程も言ったとおり、駒吉のものなんです」

「おまえの思い込みかもしれぬ」

「駒吉は、北町で探索中の阿片一味に関わる者と思われ、私の岡っ引、五郎八がずっと張りついていたんです。こいつもまだ半人前ですが、阿片の事件絡みということもあって、しぶとく探索して、見つけた売人が駒吉なのです」

「……」

「五郎八は駒吉の動きをずっと見てきたのです。奴が身につけていた着物や帯、煙草入れから履き物まで、ほとんど覚えています。人間てのは、顔だけでは頬被りをされたり、夜の暗い道だと見落としますからね」

「それで、駒吉のものに間違いないと？」

「はい。いずれにせよ、駒吉を殺した奴を捕らえれば、その裏に繋がる阿片でボロ儲けをしている一味も引きずり出せると思います……この前、南町同心も関わっていたから、阿片のことも調べると、高桐様もおっしゃってましたよね」

「相分かった。おまえの考えも斟酌して探索に役立てよう」

　高桐が鋭い顔つきになって、

「かような大事件ならば、南北がひとつになって、阿片の一味を捕らえねばな」

と時三郎を鼓舞するように言うのだった。

六

ところが、事件はまったく進展しなかった。引き続き、南町奉行所が駒吉殺しの下手人探しをしていたが、探索が打ち切られた。

「——ならば、こちらで探せばどうですか」

時三郎は黒瀬を煽ったが、なぜか乗り気ではなかった。理由は分からないが、遠山奉行も積極的に動いていないとのことだった。たかが、遊び人ひとりのために、南北が協力するまでもないとの判断だという。

「たかが遊び人ではありませぬ。これまで阿片と関わりがあったと思われる廻船問屋や川船奉行、小普請組頭支配や南町同心……いずれも処分されましたが、肝心の黒幕まで届いてないではないですか」

「おまえの狙いは、それか……」

「当たり前です。此度も三下の駒吉はあっさりと殺された。その裏にも、さらにその後ろにも悪党はいるのです」

「そうやって捲り続けても、結局は誰にも行き着かないのだろうよ。なぜなら、悪い奴はゴマンといるからだ。誰かひとりが操っているわけではあるまい」

「だから、諦めるのですか」

「そうは言わぬが、遠山様も手を出したくない人……というところだろうな」

「ならば余計に、黒瀬様がとっ捕まえて、大手柄にすればいいではないですか」

黒瀬は大手柄という言葉に心が揺れた。たしかに、後少しというところで、南町に踏み荒らされて、そのまま打ち切りになったのは悔しい。妙な風向きになってきたのも気になる。

「今一度仕切り直して、調べてみませんか。文治が思い出そうとしているお凜という女のことも気がかりなんです」

「文治……」

「はい。黒瀬様だから正直に言いますが、文治はまだ、その辺にうろついてます。その文治にも探索に加わって貰いますから」

「おまえな……」

「信じてくれないなら、それでもいいです。でも、このままでは終わりたくありません。なんとしても、阿片の事件に始末をつけないと、またぞろ被害が広がります」

たしかに、黒瀬としてもこのまま探索を終えたくはない。駒吉殺しも気になっている。一方、かつて文治を慕っていた岡っ引や下っ引たちも、それぞれに探索の手助けをしていると、時三郎は訴えた。

「もちろん、うちの五郎八も頑張ってます。おふくろが、あんな目に遭ってまで」

「あんな目……」

時三郎は黒瀬に、五郎八が母親と再会した事情を話した。文治や桜から聞いた、五郎八の幼い頃の辛い記憶も伝えて、

「その母親も、もしかしたら以前、阿片中毒だったのではないかと、五郎八は気づきましてね。それで、阿片の売人一味をどうしても暴きたいのです」

「さようか……それならば……」

黒瀬もいつになく、正義感に打たれたのか、自分もできるだけのことはすると、大きく頷くのだった。

その頃、五郎八は——。

事件の行方が気になりながらも、平凡な暮らしの中で、お久の快復のために出来る限りのことをしてやっていた。良い日和のときには散歩に付き合い、話を聞いてやることもあった。昨日のことは忘れていても、遠い昔のことは覚えているからである。

お久は一緒に歩いているのが、息子であることも忘れており、不思議なことに丁寧な言葉をかけるようになっていた。

「五郎八さん。あなたは若いのに頑張って、皆さんに信頼をされているのですね。なのに私は迷惑をかけてばかり」

「――その五郎八さんてのはやめてくれねえか。息子なんだし」

「じゃ、なんて？」

「呼び捨てでいいよ。どうせ岡っ引だから、町方の旦那たちからは呼び捨てだし」

五郎八は自虐めいて言ったが、お久は戸惑っている様子だった。もっとも、五郎八の方も、あの虐待をしていた母親の顔には見えず、なんとも不思議な気分だった。

「いや……呼び方なんて、どうでもいいよ」

と優しい声で、五郎八は言った。相手が誰だか分からなくなったのだから、無理もないことだ。むしろ、呼び捨てにされない方が、遠い昔を思い出さずにいいかもしれぬと、五郎八は思った。

八丁堀から、富士山を眺めながら永代橋を渡り、富岡八幡宮に参拝して、ぶらぶらと大川沿いの土手を歩き、小名木川の方へと向かった。事件に遭った所だ。五郎八は忸怩たるものがあった。殺しの下手人が、ふたりを尾けているかもしれないし、襲ってくるかもしれないと期待してたからだ。

「こんなに歩いて、足は大丈夫かい」

「不思議なことに、足腰は丈夫なようだねえ。頭はおかしいのに」

自分でも気づいているのか、お久は悲しそうに笑った。

「こんな私でもね……拾ってくれた人がいたんだよ。今はもう潰れてしまったけれど、深川の大きな材木問屋の旦那でね……本当に大きなお店だったんだ」

「えっ。本当かい？」

五郎八はどうせ嘘話だろうと思った。幼い頃に、遠縁の夫婦者に引き取られてからは、実の母親のことなど聞いたことがなかった。どうせ、ろくな人生を送ってないと思っていた。実際、五郎八の前に現れたのは、決して裕福そうな姿ではなかった。

だが、お久は縷々と話を続けた。

「これでも、若い頃は少しは綺麗だったので、あちこちの大店から嫁にと引っ張り凧だったんだよ……」

「――そうなのかい……」

「おや、信じてない顔をしてますね。でも、本当なんですよ。で、深川の材木問屋の女将さんにしてもらって、何不自由なく暮らさせて貰いました……亭主の名前は、ええと……たしか、松蔵さんだったっけねえ」

松蔵というのは、五郎八の実の父親の名前である。つまり、母親は嘘と承知で話しているのか、他の話と混乱しているのか、もはや何が本当で嘘かも分からないようだった。

「嘘じゃありませんよ。私は、そこで男の子をひとりと、娘をふたり産みました……あ、もしかして、五郎八さんは息子の方かしらねえ……」

「娘さんはどうなったのです」

「ええ、ええ……ふたりとも嫁に行きました。何処か遠くですけれど、良縁があって幸せに暮らしておりますよ」

「それはよかった……深川の大店の女将だったから、深川の方に来たのかな。とはいっても、小名木川の方だから離れているけれど、おっ母さんにとっては馴染みの場所だったのかな」

「えっ……?」

「この前、大八車にぶつかったときだよ」

「――大八車……ああ、そうでしたね。まだちょっと痛い……」

頭の後ろ辺りを触っていたが、

「何処へ行ってしまったのかねえ……旦那も子供たちも私を置いて」

と言った。話が違うものになっているが、お久には繋がっているようだった。

「店の二階からは海が見えましてね、そこからは堀川の反対側の船宿がよく見えたんです。そこには、ある盗賊一味の女が奉公していてね。ある時、その女を見張るために、岡っ引が来たことがあるんですよ」

「おっ母さんの店にかい……」

「ええ。四、五日いたような気がする……そういや、その岡っ引の名前が、文治とか言ってたかなあ……忘れたけど」

「文治……」

「でも、探索どころじゃなかったんですって」

「どうしてだい」

お久は照れ臭そうにシナを作って、

「その岡っ引には、握り飯や茶なんかを差し入れしてたんだけれど、私、その人に一目惚れしちゃって、盗賊一味を見張るのをやめさせて、一緒に駆け落ちしたんですよ」

「……」

「もちろん、誘ったのは文治さんの方ですけれどね」

「えっ……！」

「可哀想だと思ったんでしょうね、私のことを……女将とは名ばかりで、本当は下働きの女同然の扱いで、舅や姑にも随分と虐められていたから……なんたって、上州の山子田という小さな村の百姓の出だからね」

出自は当たっていた。だが、他の話はどこまで本当か不明だった。文治という名前も、長屋にいて、毎日のように耳にするから、そう思い込んだだけだろう。

「それにしても、文治って岡っ引は十手持ちの風上にもおけないな」

「ええ。私のせいで咎人には逃げられるしね。うふふ。笑い事ではないですね」

お久は他人事のように笑った。自分の嘘話を信じているのかもしれない。お久は、五郎八を虐めるときでも、「これは閻魔様の仕打ち」だとか「仏様に頼まれた罰だよ」とか嘘をついていたからだ。

だが、いつも肝心なことには口を閉ざしていた。人に五郎八の怪我や火傷のことを問い詰められたら、「知らない」と誤魔化すだけだったのである。

目の前のお久は穏やかな顔で微笑んでいる。何もかも忘れたのか、嘘で塗り固めているのか、五郎八には理解できなかった。

そんなふたりを――。

少し離れている茶店の軒下から見ていた高桐がいた。その背中に、そっと近づいて来たお凜が、人に気取られぬよう耳元に囁いた。

「やはり、あの女でしょ？」

高桐はお久を凝視したままである。

「大間徳三郎が、色々と口止めをしていたようですよ」

「大間が……」

五郎八とお久が散策して行く方をじっと睨んだまま、

「やはり、奴は端から何か知ってたのだな。駒吉殺しへの執念も尋常じゃなかったしな」

「あの岡っ引の母親は元々、物忘れが酷（ひど）かった上に、この前の一件で逆に、自分のこともすっかり忘れちまってる」

「だが、いつ思い出すやもしれぬ。そうなったら、まずいな」

「そこまで恐れることはないと思いますが」

「用心には用心をだ。俺は俺で手を打つが、思い出す前に……分かっておるな」

お凜は艶（つや）っぽい笑みで頷くと、残り香（が）を置いて立ち去った。

七

時三郎が探索に出ると、五郎八も探索の役に立ちたいとついていった。お久は『おたふく』で預かっていたのだが、桜はずっと誰かに見られている気がして仕方がなかった。

「桜さん……お久さんが見当たりやせんぜ」

裏手の薪（まき）置（お）き場から戻ってきた板前の寛次（かんじ）が声をかけた。厨房で洗い物をしていた桜は俄（にわか）に不安になって飛び出したが、店の前で鉢植えに水をやっていたお久の姿が消えていた。近くを歩き廻ってみたが、路地にもいない。

お久が五郎八の母親だということは、周りの人たちは知っている。しかも、八丁堀の組屋敷も近く、同心や岡っ引らの姿もあるから、目に止まるはずだが、自身番の番人も見ていないという。

お久自身は、自分が誰であるかどうかは曖昧だった。つい先刻も、

——私は本当は誰なのかしら。

と確信が欲しそうにしていた。そのために、どうしても、また深川に行きたいなどと話していた。材木問屋の女将というのも怪しい話だった。自分なりに五郎八が調べたところでは、該当する女はいなかったのである。

しかし、お久にとっては、心の奥底に苦みが澱んだままだった。そんなふうなことを、お久は桜に話したことがある。

「またひとりで、弁天稲荷の方へ行ったのかもしれないわね」

桜は足早に急いだが、途中の顔馴染みの店の者たちに聞いても、お久の姿は見ていないという。桜に不安がよぎった。

その頃——。

お久は桜たちの心配をよそに、やはり深川に来ており、弁天稲荷の方に歩いていた。町々の景色や見たことがある人の顔などが、微かだが浮かんでくるような

気がした。

　富岡八幡宮の裏手に向かったお久に、近づいてくる女がいた。お凛である。

「こんな所にいたんだね、おっ母さん……随分探したんだよ」

「――はあ……？」

「そんな顔して……どうしたんだい。また忘れてしまったの？」

　お凛はわざと自分の母親だと偽って、お久を混乱させようとしていた。いきなり現れた女の言動に、お久は戸惑うばかりであった。

「もう何日も探してたんだよ。何処へ行ってたのよ、みんな心配してたんだからね」

「あなたは誰……」

「名前まで忘れたの。さ、行こう。こんな所にいたら、また牢部屋送りだよ」

「ろ、牢部屋……どういうことです？」

「どういうじゃないわよ。おっ母さんは、時々、自分が誰だか分からなくなって、人様に迷惑ばかりかけて……怪我をさせたことだって二度や三度じゃない。娘の身にもなってよ」

「娘……」

「でも、それはもういいよ。とにかく、お父っつぁんも心配してるからさ」

お凜が腕をしっかりと握ると、わずかにお久は身を引きながら、

「私は、五郎八という岡っ引の母親じゃないのですか」

「何をバカな。立派な材木問屋の御内儀だよう。五郎八って……もしかして、あのタチの悪い十手持ちかい。だめだめ、あんな奴の言うことを信じちゃ。また、おっ母さんを騙すつもりだったんだね」

路地の方に、すらりと背の高い、黒羽織の前に朱房の十手を下げた高桐が立っている。それをお久は、じっと見ていたが、

「ほら、こっちこっち」

とお凜はお久の手を強引に引いた。

「今の人は……」

「南町の吟味方与力様だよ」

「──与力」

「今度、おっ母さんが何かすれば、とっ捕まえる気なんだ」

「私を……どうして」

高桐の顔を見せたのは、ちょっとした賭けだった。本当に忘れているか、思い

出すか。その様子によっては、お凜はすぐさま殺すことも考えていたのだ。

だが、富岡八幡宮では人目につきすぎる。どこかの裏路地か雑木林に連れ込んで殺すしかない。手を引いて歩きながら、お凜はまことしやかに話を続けた。

「おっ母さんはね、大きな声じゃ言えないけれど、物忘れをする上に人様のものを盗む癖があるんだ。だから、八丁堀の旦那や岡っ引に睨まれてるんだ。捕まったりしたら、お店にもお父っつぁんにもえらい迷惑なのよ。分かるわよね。だから、大人しく娘の言うことを聞いて」

「……盗みなんて」

「盗みをしたのよ。だから、その五郎八とかいう岡っ引に追いかけられて、大八車にぶつかったのよ。このままでは本当に店は闕所にされてしまう。私たち子供らも奉公人も路頭に迷うことになるのよ」

お凜は追い詰めるように言った。しかし、お久には納得しかねることがあった。長屋のみんなも、町の人たちも、時三郎も桜も、みんなが同じ嘘をついているとは思えなかったのだ。目の前の女は娘と名乗ってはいるが、自分とはまったく似ていない。それに比べて、五郎八は目鼻立ちが似ている気がする。

お久は思わず、お凜の手を振り払った。一瞬、険しい顔になるお凜だが、思い

直したように優しく、

「どうしたの、おっ母さん」

「おっ母さんなんかじゃない。なんだか、違う感じがする」

「何を言ってるの……」

「私は息子の顔も忘れたし、何もかも……でも、五郎八さんの目や手を握った感じは、なんとなく懐かしい気がした」

「勘違いよ、おっ母さん」

「分かるんだよ……血の繋がってる子かどうかってことは、肌触りで……あなたの手はなんか違うんだよ」

痛いところを突かれたと思ったのか、お凜はわずかに眉を逆立てて何か言い返そうとしたが、ふいに横合いから現れた高桐が、

「もうよい、お凜。それ以上は無駄だ」

と言った。

頷いたお凜はお久から離れ、高桐の側に歩み寄った。辺りを見ると、高桐はゆっくりと刀を抜き払ってから、

「これでも思い出さぬか？」

「!?――」

ギラリと表情が変わる高桐だが、お久は驚くばかりで、何も思い出さなかった。だから、その場から逃げ出そうという気にもならなかった。まさか目の前の与力が、自分に斬りかかって来るとも思わなかったからだ。

「怨(うら)まないでおくれよ」

お凜が一歩下がった途端、高桐は踏み込んでお久を斬ろうとした。が、お久は切っ先を凝視して、なぜか座り込んだ。

「ごめんよ……ごめんよ、五郎八！」

お久は込み上げてくるような声で、両手を合わせた。

「かあちゃん、おかしかったんだ……包丁を突きつけたりして、どうかしてたんだ……許しておくれ、五郎八……おまえをあんな目に遭わせて、大火傷(おおやけど)まで負わせてしまって、取り返しのつかないことをしてしまった」

「――何の話をしているのだ」

高桐は一瞬、踏み込むのをためらって、お凜に訊いた。だが、分からないと首を横に振りながら、お凜も見下ろしていた。

「でも、かあちゃん、おまえがいなくなってから、本当は心配してたんだ。でも、私のところには、おまえは帰りたくないって泣いていたって聞いたから、かあちゃん、会いに行くのも我慢してたんだよ……ああ、ごめんね。おまえは、何処にいるんだい。五郎八……ああ、五郎八……」

「――ふん。命乞いの代わりに、頭がおかしくなったふりでもしてるのかッ。悪いが、俺には通じぬ」

口元を歪めて、高桐がお久を斬ろうとしたとき、

「何事ですか、高桐様！」

と時三郎が、すぐ境内の方から駆けつけてきた。後ろには、五郎八もいる。

ふいを突かれた高桐は、刀を持ったままで時三郎を振り返った。

「高桐様。今、このお久さんを斬ろうとなさいましたね」

「無礼者。同心如きが余計なことを」

「その刀は何ですか」

「怪しい女ゆえ、事情を聞いていてところだ」

「違いますよね。『これでも思い出せぬか』と突き出したではないですか」

時三郎が睨み上げると、五郎八はお久に駆け寄って、

「おっ母さん……大丈夫かい」

と肩を抱いて、高桐から離れさせた。

すると、文治が木陰に現れて、手を叩きながら、

「そういや、思い出した……何処かで見たと思ったら、そうか高桐様の密偵をよくやっていた、お凜とかいう芸者崩れだ」

と言った。

「思い出すのが遅いよ。やはりボケたか」

時三郎が近くの木陰に向かって話すと、高桐は誰か他にもいるのかと振り向いた。だが、そこには風に枝が揺れる樹木が立っているだけであった。

「そうか。芸者崩れのお凜だったか」

時三郎が相槌(あいづち)を打つと、お凜はまだ高桐の背中に廻って、ふてぶてしい顔で見下すように吐き捨てた。

「芸者崩れで悪かったね」

「いやはや。吟味方与力の高桐様の密偵が、阿片一味と通じてるとは思いもしなかった」

「なんだと？」

高桐がギラリと不気味な目を向けたが、時三郎は怯(ひる)まず続けた。

「あの時、『ひさご』に来た女……誰だったかと喉元まで出てたのだが、そうだ、おまえだった。高桐様、このお凜を引っ捕らえて吐かせてはどうです？」

　時三郎は、文治が話すとおりに伝えた。

「けれど、できるわけがありますまい。あなたに命じられてやったのだからね」

「……」

「駒吉を殺したのは、あなた自身だ。今、そうやって抜き払ったようにね。だからこそ、見られた……と思って、お久さんに探りを入れた上で、斬ろうとなさったのでしょ？」

　衝撃を受けたのはお久の方だった。

「私が……見た……何をです」

　時三郎は構わず、高桐に迫った。

「色々と調べたのですがね、あの日、あの辺りまで、編笠の浪人者を乗せて、舟を漕ぎつけた船頭を見つけ出しました。かなり金をはずんだそうですが、ちらりと顔も見られていますよ、高桐様」

「……」

「奉行所どころか、幕府内でも一目も二目も置かれる高桐様が、阿片に手を出していたとは……噂じゃ、元々旗本の身でありながら、町方を望んだのは江戸を自分の手で綺麗になさりたかったからだとか……それとも、悪さをして金儲けをするために、悪党に接しやすい町方を選んだのですか」

「黙れ、大間。貴様、半人前のくせに一端の同心を気取るのは、十年早い。たしかに、お凜は俺の密偵で、駒吉を探らせていたのは、阿片一味のことを探索していたからだ」

「定町廻りに任せずに、ですか」

「いや、定町廻りも動いておるが、敵は町方の動きを見抜いておる節があるゆえ、吟味になったとき、動かぬ証拠を掴むため、俺が自ら密かに探っていたのだ」

「町方の動きが、阿片一味に筒抜けだったのは、あなたのせいでしょ。お陰で北町は失策続きです。ねえ、本当のことを正直におっしゃって下さいやせんか」

　時三郎の言いっぷりが、段々、文治の口調になってきた。

「ふざけるのも大概にしろ。怪しい女ゆえ、尋問していたまでのこと。おまえは証拠もなしに、言いがかりをつける気か」

「さてもさても、往生際が悪うございやすよ」

　と時三郎が一方を見やると、文治が足腰に手をあてがいながら、高桐のすぐ近くまで近づいてきた。

「高桐様……どうか、正直に話して下さいやし。松平家由来の矜持ってものがあるでやしょ。そういう御家柄だから、堀部能登守とも結託することができた。違いやすか」

「な……何を言い出すのだ」

思わず刀を握りしめた高桐は、時三郎に切っ先を向けた。だが、時三郎はまったく怯む様子もなく、

「近頃、『錬武館』で真季先生にしごかれてるので、少しくらい抵抗しますよ」

と鋭く睨み返した。

八

文治は高桐の前に立っており、

「もう一度、お願いしやす。どうか本当のことを、若……いえ、大間徳三郎様に話して下さいやせんか」

と頭を下げた。もちろん、高桐に見えるわけがない。時三郎がそのまま繰り返

したので、高桐は不思議そうに見ている。

「いいですかい。その昔、あっしは大間栄太郎様から、十手を戴きやした。それ以来、ずっと十手一筋で御用勤めをして参りやした。ですから、この十手は嘘を見破ることができるんです」

　慌てて時三郎は、自分の十手を帯から抜いて突き出した。

　高桐は何を言い出すのだと憮然と見下ろし、沈黙と続けていた。万が一の時は、この場の者をまとめて斬り捨てる覚悟はできているようだった。皆殺しにすれば、後は何とでも言い訳ができる立場である。

「どうか、高桐様。正直に話して下せえ。あっしは、前々から、阿片のことで動き廻ってたんです。ええ、大間の旦那のもとでもね……五郎八だってそうだ。物忘れが酷くなったその母親のことを心配しながらね」

　時三郎はすっかり、文治の口調である。

「駒吉のような売人は沢山いるのでしょうよ。そんな中に、色々に姿を変えちゃいますが、お凜が出入りしてやした。高桐さんの密偵だとは知りませんでしたが、阿片仲間と接触していたのは、あっしも何度も目にしていやす。まさか、隠密探索のためとはおっしゃいませんよね」

「……」

「なぜなら、その女は、浅草の寅五郎一家に出入りしている佐渡吉という侠客崩れの情女なんですからね。旦那も上手く使って、用無しになったら殺す気でやしょ」

「黙れ。でたらめを言うなッ」

お凜は「ひっ」と声を洩らして離れたが、高桐はジロリと睨みつけた。

「佐渡吉ってえのは、表だって悪事は働いていてやせんが、殺しや盗みをした者たちをお上から匿ってやる代わりに、阿片の売人をさせていた奴でさ。しかし、佐渡吉とて所詮は仲介屋にすぎねえ。阿片が何処から運ばれ、誰に流れているかは知らない……所詮は下っ端でさ」

「……」

「佐渡吉の存在は知ってやしたが、捕らえたところで、どうせまた蜥蜴の尻尾切り。大元締を捕縛するには、奉行所内にいる阿片一味と通じる者を探すしかありやせん」

「奉行所内……」

「ええ。しかも南町奉行所内です」

　時三郎はじっと高桐を見上げながら、文治の文言を続けた。

「再三再四、隠れ家（が）をもぬけの殻に出来たのは、奉行所内に一味がいるからだろう……ということは、遠山のお奉行様は前々から睨んでおりやした。もちろん、大間様もね」

「……」

「あっしは、ずっと佐渡吉を張ってたんですよ。このお凜が二人で仲良く床を共にしてたのも、あっしはこの目でちゃんと見てます。ゆうべも、不忍池（しのばずのいけ）の出合茶屋で乳繰り合ってたよな。へえ、あっしは何処にでも忍び込めるんで」

「――高桐の旦那、私はそんな……私が惚れてるのは旦那だけですよ」

　明らかにお凜がうろたえたが、高桐は言うなと首を振った。

「大間……誰に聞いて、そんな話をしてるか知らぬが、その手は桑名の焼き蛤（はまぐり）だ」

「どんな蛤でやす？」

「佐渡吉のことは俺も承知しておる。お凜の間夫（まぶ）だってこともな。阿片一味を引きずり出すためだ。佐渡吉に抱かれろと命じたのも、この俺だ。すべて探索のため」

　高桐は淡々と平静を装ったが、時三郎はさらに続けた。

「おかしなこった……佐渡吉の方が、旦那にへえこらしてましたがね」

と時三郎はハッキリと言ってから、自分でも吃驚した。

「そうなのか、文治」

「へえ……」

奇妙な間合いがあって、時三郎は険しい声で高桐に聞かせた。

「あなたが旗本の身分を捨てて、町方になったのは……父親にも母親にも愛されていなかったからじゃありやせんか」

「――何を言い出す」

「幼少の頃から誰に似たのか素行が悪く、二人の兄からも毛嫌いされていた。その訳は、当人のあなた様すら分からない。母親の不義の子だからなどと噂も流れましたが、その真偽はともかく、親兄弟から見放された腹いせなのか、辛さなのか……あなたは阿片に手を出していた」

「……」

「だが、利口な高桐様は自分がやるよりも、人に利用させて儲ける方がよい。そう思うようになったがために……」

「黙れ黙れ！　親のことを言うな！」

高桐は初めて激昂した。そして、思わず時三郎に向かって刀を振り上げて罵倒した。

「下郎！　遠山様に可愛がられていると思って、俺を甘く見るな！　貴様は立場を弁えず、与力のこの俺を愚弄しておるのだ。断じて許すわけにはいかぬッ」

斬りかかろうとすると、時三郎の前にとっさに五郎八が飛び出した。高桐の刀の切っ先がガツンと五郎八の肩に当たり、骨が折れるような音がして、俄に血が流れた。

「あっ……五郎八！」

だが、十手が間に挟まっていたから、大怪我にはならなかったようだ。

さらにお久が駆け寄って、覆い被さるように五郎八を庇った。その顔は、まさしく母親の表情だった。必死に抱きしめながら、

「止めて下さい、旦那様……この子が何をやらかしたか知りませんが、この子の罪は私の罪……どうか、どうか。私に仕打ちをして下さいまし。それが、せめてもの私の……罪滅ぼし……」

「さようか。ならば死ね！」

スッと背筋を伸ばすなり、高桐は刀を構え直して本気で打ちつけてきた。寸前、

時三郎は抜刀して、高桐の刀を一撃で跳ね飛ばした。その刀は近くの樹木に当たってから、地面に落ちて突き立った。

「き、貴様アーー！」

高桐はさらに険しい目になって、脇差しを抜いて斬りかかってきたが、今度は時三郎の刀が高桐の膝をシュッと薙ぎ払った。ガックリと崩れた高桐は、つんのめって倒れ込んだ。

「若。お見事……何処で、そんな技を……」

「真季先生からだ。そんなことより、文治。早くこいつを縛れ……縛れないな」

時三郎は自ら高桐に縄を打った。

「五郎八……大丈夫かい、五郎八……」

優しい声を洩らして、お久は五郎八のことを心配して、ひしと抱きしめた。もしかしたら、お久の心の奥に滞っていた罪の念が、一気に噴き出したのかもしれないと、時三郎は思った。

同時に、幽霊でありながら、安堵したようにその場に座り込んでいる文治の姿にも、時三郎は目をやった。文治の瞳の奥がキラリとなったのに気づいたのは、当たり前だが時三郎だけだった。

　時三郎の脳裡には、文治が在りし日の出来事が蘇った。

　それは、鈴ヶ森に運ばれる直前、南町奉行所から出てきたばかりの藤丸籠の前だった。まさに刑場送りになっている咎人を庇って、見送る高桐に取り縋っていた文治の姿を思い出したのだ。

『待って下さい、高桐様！　そいつは、殺しなんかしちゃいやせん。何も悪いことなんざ、やっちゃいやせん！』

　文治は何処かから必死に走って来たのであろう。髷や鬢はほつれ、着物は乱れて汗まみれで、藤丸籠を見送る高桐の前で、土下座をした。

『お願いでございやす、高桐様！　どうか、もう一度、調べ直して下せえ！　あっしの調べじゃ、殺しのあった刻限にそいつは、他の所におりやした。今一度……』

『うるさい！　岡っ引の分際で余計なことを！　こやつは自白したのだッ』

　傍らの同心が文治を蹴り倒したが、それでも懸命に食らいついた。

『そいつが獄門なら、あっしも同ンなじだ！　ちゃんと無実だと見抜けなかった、あっしが悪いんです！』

『いい気になるな、この三下！』

足蹴にする同心の顔は、異様に興奮して来る。それでも文治はしがみつき、すっかり藤丸籠の中で諦めきっている名もない咎人のために身を挺して訴え続けた。

『この十手にかけて無実でございます！』

ゆっくりと動く影絵を見るように、まだ見習い中だった時三郎は、文治のひたむきな姿を思い出したのである。

——もし、父上が生きていたら、キチンと話をつけたであろう。いや、無実であるなら、そう見抜いていたに違いない。だから、そうだ……俺は、その時に決めたんだ。同心になったら、やっぱり文治を頼りにしようと。

高桐を縄で縛りながら、そんなことを思い出していた時三郎は、

「あの時……調べ直しもせず、強引に鈴ヶ森送りにしたのは、高桐様……此度の一件とは関わりはないでしょうが、あなたにとって何か不都合な奴だったからでしょうか」

と疑り深い目になって言った。

すると、五郎八を抱きしめていたお久が、高桐の顔をまじまじと見て、

「ひ、人殺し……あの時の人殺しだ……誰かを殺して、そして私は追いかけられたんだよ」

と我に返ったように呟いた。

「——もう、言い逃れも無駄でしょう。それとも、このまま知らぬ存ぜぬを通しますか。実は遠山様は、堀部能登守にも迫ってますよ……探索を南町に預けたふりをしたのは、あなたを泳がせるためです」

「な、なんだと……」

「観念して下さいまし」

時三郎が険しい目で睨みつけた。

「文治の十手は悪い奴を捕まえるためのものじゃありません……弱い者の盾になってやる。そういう十手なんです」

「……」

「だからこそ、誰も傷つけずに阿片一味も見つけたかったんだ。高桐様、あなたは、吟味方。法を守る者として最も酷いことをしたのではありませぬか？」

高桐は強引に縄を振り解こうとしながら、

「同心の分際で、与力の俺に縄をかけるとは、なんたる所業。覚えておれ」

「高桐様。切腹のご覚悟をッ」

「知らぬッ。わしは何も知らぬぞ！」

無駄な抵抗をしている高桐を見て、お凜は見切りをつけたのか、さっさと逃げようとしたが、駆けつけて来た黒瀬ら北町同心と捕方たちに捕らえられた。

その日のうちに――高桐は情けないほど呆気なく罪を認めた。堀部能登守から命じられていたことも白状した。そして、これまでの一連の事件の背後にいる阿片一味も明らかになった。だが、探索はまだまだ続く。

事件は一応、解決したものの、お久の物忘れは戻らなかった。

高桐を捕縛する直前、あの時に一瞬だけ、戻ったようだが、その後は繋がったり、途切れたりだった。しかし、五郎八は怪我をした体でありながら、今日もお久を労るように、江戸市中や海辺などを眺めながら散策していた。子供の頃の虐待のことはすべて許したかのように。

そんな姿を――時三郎と文治は並んで見守っているのであった。

「たまには、ふたりきりで飲むか、文治」

「あっしは飲めません。若も下戸じゃないですか。桜の所で、美味いものでも食って、鰻でも、あの母子に届けてやりやしょう」

文治が川の水面に向かって歩き出すのを、時三郎は追いかけようとしたが、

「待てよ。俺は……おい！」

と呼んだが、どんどん離れていく。

陽光が強くなって、文治の姿がすっかり消えると、時三郎を包むように江戸の青い空が広がるのだった。

コスミック・時代文庫

逢魔(おうま)が時三郎(ときさぶろう)
誇りの十手

2022年9月25日　初版発行

【著者】
井川香四郎(いかわこうしろう)

【発行者】
相澤　晃

【発行】
株式会社コスミック出版
〒154-0002 東京都世田谷区下馬6-15-4
代表　TEL.03(5432)7081
営業　TEL.03(5432)7084
FAX.03(5432)7088
編集　TEL.03(5432)7086
FAX.03(5432)7090

【ホームページ】
http://www.cosmicpub.com/

【振替口座】
00110-8-611382

【印刷／製本】
中央精版印刷株式会社

乱丁・落丁本は、小社へ直接お送り下さい。郵送料小社負担にて
お取り替え致します。定価はカバーに表示してあります。

ISBN978-4-7747-6410-8 C0193

N
W
E
S